D0834628

# LE JEU DE L'AMOUR
# ET DU HASARD

MARIVAUX

# Le jeu de
l'amour
et du hasard

# MARIVAUX
## (1688-1763)

Pierre Carlet de Chamblain de Marivaux naît à Paris en février 1688. On ignore quel jour, comme on ignore l'histoire de sa famille. Il a dix ans quand son père est nommé directeur de la monnaie à Riom, en Auvergne. C'est dans cette ville que Pierre Carlet fait ses études, chez les frères Oratoriens. A 18 ans, il écrit sa première pièce de théâtre, *Le Père prudent et équitable*, et entend bien continuer dans la voie littéraire même si, pour rassurer ses parents, il entreprend des études de Droit à la faculté de Paris, en 1710.

Dans la capitale, il fréquente le salon de Madame de Lambert, avec pour amis et mentors le poète La Motte, et le philosophe Fontenelle, tout en écrivant : *La Voiture embourbée, Les Effets surprenants de la sympathie, Le Triomphe de Bilboquet...* pour la seule année 1714.

Le 7 juillet 1717, il épouse une femme de cinq ans son aînée qui lui apporte une dot confortable. Dot qui va être engloutie dans la banqueroute du financier écossais John Law. Tout en collaborant à des revues (comme *Le Mercure*, ou, plus tard, *Le Specta-*

*teur français*, journal dont il est le fondateur)
il fait jouer une tragédie *Annibal* qui est un
échec, et *Arlequin poli par l'amour*, comédie
jouée, avec succès, par une troupe italienne.
Il trouve en outre le temps, à 33 ans, d'être
licencié en droit. Mais cet « avocat au Parle-
ment » ne plaidera jamais.

*La Surprise de l'amour* (1722), *La Double
Inconstance* (1723), ses deux premières
grandes pièces l'imposent définitivement. Il
connaîtra dès lors alternance de succès (*Le
Prince travesti, La Fausse suivante, L'Ile des
esclaves, La Seconde surprise de l'amour, Le
Jeu de l'amour et du hasard, Les Fausses
confidences*...) et d'échecs qu'il attribuera
aux cabales montées par les envieux (*Le
Dénouement imprévu, L'Héritier du village,
L'Ile de la Raison, La Colonie, Le Triomphe de
l'amour*...).

Ses idées en avance sur son temps, et son
style déconcertent ses contemporains. Vol-
taire, qui fréquente comme lui le « Café Pro-
cope », se moque de l'apparente légèreté de
son écriture en prétendant qu'il « pèse des
œufs de mouche dans des toiles d'araignée ».

En 1742, Marivaux est élu à l'Académie
française grâce à l'appui de Mme de Tencin,
dans le salon de laquelle se réunissent les
Encyclopédistes. Deux ans plus tard, il ren-
contre Mademoiselle de Saint-Jean, qui
désormais partagera sa vie et l'aidera à payer
ses dettes. Sa femme est morte en 1723, sa
fille prend le voile chez les Bernardines en
1745.

Il est seul. Il écrit moins, et consacre son
talent au roman et aux essais, qu'il juge plus

dignes de son état d'Académicien, plutôt qu'au théâtre, trop léger. Cet auteur qui a été en vogue n'est plus à la mode, les Philosophes l'ignorent ; il en souffre, bien qu'il ne se soit jamais trop soucié de sa gloire. Une « hydropisie de poitrine » emporte le 12 février 1763, à l'âge de 75 ans, ce génie incompris de son temps, et dont le talent de dramaturge, qui le fera comparer à Molière, ne sera redécouvert qu'au xxe siècle.

# Le Jeu de l'amour et du hasard

*Comédie en trois actes représentée pour la première fois par les Comédiens-Italiens, le 23 janvier 1730.*

*Acteurs*

MONSIEUR ORGON

MARIO

SILVIA

DORANTE

LISETTE, *femme de chambre de Silvia*

ARLEQUIN, *valet de Dorante*

UN LAQUAIS

*La scène est à Paris.*

# Acte I

## Scène 1

### SILVIA, LISETTE

SILVIA. Mais encore une fois, de quoi vous mêlez-vous, pourquoi répondre de mes sentiments ?

LISETTE. C'est que j'ai cru que, dans cette occasion-ci, vos sentiments ressembleraient à ceux de tout le monde ; Monsieur votre père me demande si vous êtes bien aise qu'il vous marie, si vous en avez quelque joie : moi je lui réponds qu'oui ; cela va tout de suite ; et il n'y a peut-être que vous de fille au monde, pour qui ce *oui*-là ne soit pas vrai ; le *non* n'est pas naturel.

SILVIA. Le *non* n'est pas naturel, quelle sotte naïveté ! Le mariage aurait donc de grands charmes pour vous ?

LISETTE. Eh bien, c'est encore *oui*, par exemple.

SILVIA. Taisez-vous, allez répondre vos impertinences ailleurs, et sachez que ce n'est pas à vous à juger de mon cœur par le vôtre.

LISETTE. Mon cœur est fait comme celui de tout le monde ; de quoi le vôtre s'avise-t-il de n'être fait comme celui de personne ?

SILVIA. Je vous dis que, si elle osait, elle m'appellerait une originale.

LISETTE. Si j'étais votre égale, nous verrions.

SILVIA. Vous travaillez à me fâcher, Lisette.

LISETTE. Ce n'est pas mon dessein ; mais dans le fond voyons, quel mal ai-je fait de dire à Monsieur Orgon que vous étiez bien aise d'être mariée ?

SILVIA. Premièrement, c'est que tu n'as pas dit vrai, je ne m'ennuie pas d'être fille.

LISETTE. Cela est encore tout neuf.

SILVIA. C'est qu'il n'est pas nécessaire que mon père croie me faire tant de plaisir en me mariant, parce que cela le fait agir avec une confiance qui ne servira peut-être de rien.

LISETTE. Quoi, vous n'épouserez pas celui qu'il vous destine ?

SILVIA. Que sais-je, peut-être ne me conviendra-t-il point, et cela m'inquiète.

LISETTE. On dit que votre futur est un des plus honnêtes du monde, qu'il est bien fait, aimable, de bonne mine, qu'on ne peut pas avoir plus d'esprit, qu'on ne saurait être d'un meilleur caractère ; que voulez-vous de plus ? Peut-on se figurer de mariage plus doux ? D'union plus délicieuse ?

SILVIA. Délicieuse ! que tu es folle avec tes expressions ?

LISETTE. Ma foi, Madame, c'est qu'il est heu-

reux qu'un amant de cette espèce-là veuille
se marier dans les formes ; il n'y a presque
point de fille, s'il lui faisait la cour, qui ne
fût en danger de l'épouser sans cérémonie ; aimable, bien fait, voilà de quoi vivre
pour l'amour ; sociable et spirituel, voilà
pour l'entretien de la société : Pardi, tout
en sera bon, dans cet homme-là, l'utile et
l'agréable, tout s'y trouve.

SILVIA. Oui, dans le portrait que tu en fais, et
on dit qu'il y ressemble, mais c'est un *on
dit*, et je pourrais bien n'être pas de ce
sentiment-là, moi ; il est bel homme,
dit-on, et c'est presque tant pis.

LISETTE. Tant pis, tant pis, mais voilà une
pensée bien hétéroclite !

SILVIA. C'est une pensée de très bon sens ;
volontiers un bel homme est fat, je l'ai
remarqué.

LISETTE. Oh, il a tort d'être fat ; mais il a
raison d'être beau.

SILVIA. On ajoute qu'il est bien fait ; passe.

LISETTE. Oui-da, cela est pardonnable.

SILVIA. De beauté et de bonne mine, je l'en
dispense, ce sont là des agréments super-
flus.

LISETTE. Vertuchoux ! si je me marie jamais,
ce superflu-là sera mon nécessaire.

SILVIA. Tu ne sais ce que tu dis ; dans le
mariage, on a plus souvent affaire à
l'homme raisonnable qu'à l'aimable
homme ; en un mot, je ne lui demande
qu'un bon caractère, et cela est plus diffi-
cile à trouver qu'on ne pense. On loue

beaucoup le sien, mais qui est-ce qui a
vécu avec lui ? Les hommes ne se contre-
font-ils pas, surtout quand ils ont de
l'esprit ? n'en ai-je pas vu, moi, qui parais-
saient, avec leurs amis, les meilleures gens
du monde ? C'est la douceur, la raison,
l'enjouement même, il n'y a pas jusqu'à
leur physionomie qui ne soit garante de
toutes les bonnes qualités qu'on leur
trouve. Monsieur un tel a l'air d'un galant
homme, d'un homme bien raisonnable,
disait-on tous les jours d'Ergaste : Aussi
l'est-il, répondait-on ; je l'ai répondu moi-
même ; sa physionomie ne vous ment pas
d'un mot. Oui, fiez-vous-y à cette physionomie si douce, si prévenante, qui dispa-
raît un quart d'heure après pour faire
place à un visage sombre, brutal,
farouche, qui devient l'effroi de toute une
maison. Ergaste s'est marié ; sa femme,
ses enfants, son domestique ne lui
connaissent encore que ce visage-là, pen-
dant qu'il promène partout ailleurs cette
physionomie si aimable que nous lui
voyons, et qui n'est qu'un masque qu'il
prend au sortir de chez lui.

LISETTE. Quel fantasque avec ses deux
visages !

SILVIA. N'est-on pas content de Léandre
quand on le voit ? Eh bien, chez lui, c'est
un homme qui ne dit mot, qui ne rit ni qui
ne gronde ; c'est une âme glacée, solitaire,
inaccessible ; sa femme ne la connaît
point, n'a point de commerce avec elle, elle
n'est mariée qu'avec une figure qui sort
d'un cabinet, qui vient à table, et qui fait

expirer de langueur, de froid et d'ennui, tout ce qui l'environne. N'est-ce pas là un mari bien amusant ?

LISETTE. Je gèle au récit que vous m'en faites ; mais Tersandre, par exemple ?

SILVIA. Oui, Tersandre ! Il venait l'autre jour de s'emporter contre sa femme ; j'arrive, on m'annonce, je vois un homme qui vient à moi les bras ouverts, d'un air serein, dégagé, vous auriez dit qu'il sortait de la conversation la plus badine ; sa bouche et ses yeux riaient encore. Le fourbe ! Voilà ce que c'est que les hommes. Qui est-ce qui croit que sa femme est à plaindre avec lui ? Je la trouvai toute abattue, le teint plombé, avec des yeux qui venaient de pleurer, je la trouvai comme je serai peut-être, voilà mon portrait à venir ; je vais du moins risquer d'en être une copie. Elle me fit pitié, Lisette ; si j'allais te faire pitié aussi : Cela est terrible, qu'en dis-tu ? Songe à ce que c'est qu'un mari.

LISETTE. Un mari ? c'est un mari ; vous ne deviez pas finir par ce mot-là, il me raccommode avec tout le reste.

## Scène 2

### MONSIEUR ORGON, SILVIA, LISETTE

MONSIEUR ORGON. Eh bonjour, ma fille. La nouvelle que je viens t'annoncer te fera-t-elle plaisir ? Ton prétendu arrive

aujourd'hui, son père me l'apprend par
cette lettre-ci. Tu ne me réponds rien, tu
me parais triste ? Lisette de son côté
baisse les yeux, qu'est-ce que cela signifie ?
Parle donc toi, de quoi s'agit-il ?

LISETTE. Monsieur, un visage qui fait trem-
bler, un autre qui fait mourir de froid, une
âme gelée qui se tient à l'écart, et puis le
portrait d'une femme qui a le visage
abattu, un teint plombé, des yeux bouffis
et qui viennent de pleurer ; voilà, Monsieur, tout ce que nous considérons avec
tant de recueillement.

MONSIEUR ORGON. Que veut dire ce galima-
tias ? Une âme, un portrait : explique-toi
donc, je n'y entends rien.

SILVIA. C'est que j'entretenais Lisette du malheur d'une femme maltraitée par son
mari ; je lui citais celle de Tersandre, que
je trouvai l'autre jour fort abattue, parce
que son mari venait de la quereller, et je
faisais là-dessus mes réflexions.

LISETTE. Oui, nous parlions d'une physionomie qui va et qui vient ; nous disions qu'un
mari porte un masque avec le monde, et
une grimace avec sa femme.

MONSIEUR ORGON. De tout cela, ma fille, je
comprends que le mariage t'alarme,
d'autant plus que tu ne connais point
Dorante.

LISETTE. Premièrement, il est beau, et c'est
presque tant pis.

MONSIEUR ORGON. Tant pis ! rêves-tu avec ton
tant pis ?

LISETTE. Moi, je dis ce qu'on m'apprend ; c'est
la doctrine de Madame, j'étudie sous elle.

MONSIEUR ORGON. Allons, allons, il n'est pas question de tout cela. Tiens, ma chère enfant, tu sais combien je t'aime. Dorante vient pour t'épouser ; dans le dernier voyage que je fis en province, j'arrêtai ce mariage-là avec son père, qui est mon intime et mon ancien ami ; mais ce fut à condition que vous vous plairiez à tous deux, et que vous auriez entière liberté de vous expliquer là-dessus ; je te défends toute complaisance à mon égard : si Dorante ne te convient point, tu n'as qu'à le dire, il repart ; si tu ne lui convenais pas, il repart de même.

LISETTE. Un *duo* de tendresse en décidera, comme à l'Opéra : Vous me voulez, je vous veux, vite un notaire ; ou bien : M'aimez-vous ? non ; ni moi non plus ; vite à cheval.

MONSIEUR ORGON. Pour moi, je n'ai jamais vu Dorante ; il était absent quand j'étais chez son père ; mais sur tout le bien qu'on m'en a dit, je ne saurais craindre que vous vous remerciiez ni l'un ni l'autre.

SILVIA. Je suis pénétrée de vos bontés, mon père, vous me défendez toute complaisance, et je vous obéirai.

MONSIEUR ORGON. Je te l'ordonne.

SILVIA. Mais si j'osais, je vous proposerais, sur une idée qui me vient, de m'accorder une grâce qui me tranquilliserait tout à fait.

MONSIEUR ORGON. Parle, si la chose est faisable je te l'accorde.

SILVIA. Elle est très faisable ; mais je crains que ce ne soit abuser de vos bontés.

MONSIEUR ORGON. Eh bien, abuse, va, dans ce

monde, il faut être un peu trop bon pour
l'être assez.

LISETTE. Il n'y a que le meilleur de tous les
hommes qui puisse dire cela.

MONSIEUR ORGON. Explique-toi, ma fille.

SILVIA. Dorante arrive ici aujourd'hui ; si je
pouvais le voir, l'examiner un peu sans
qu'il me connût ; Lisette a de l'esprit, Monsieur, elle pourrait prendre ma place pour
un peu de temps, et je prendrais la sienne.

MONSIEUR ORGON, *à part* Son idée est plaisante.
*(Haut.)* Laisse-moi rêver un peu à ce que
tu me dis là. *(A part.)* Si je la laisse faire, il
doit arriver quelque chose de bien singulier, elle ne s'y attend pas elle-même...
*(Haut.)* Soit, ma fille, je te permets le
déguisement. Es-tu bien sûre de soutenir
le tien, Lisette ?

LISETTE. Moi, Monsieur, vous savez qui je
suis, essayez de m'en conter, et manquez
de respect, si vous l'osez ; à cette conte-
nance-ci, voilà un échantillon des bons
airs avec lesquels je vous attends, qu'en
dites-vous ? hem, retrouvez-vous Lisette ?

MONSIEUR ORGON. Comment donc, je m'y
trompe actuellement moi-même ; mais il
n'y a point de temps à perdre, va t'ajuster
suivant ton rôle, Dorante peut nous sur-
prendre. Hâtez-vous, et qu'on donne le
mot à toute la maison.

SILVIA. Il ne me faut presque qu'un tablier.

LISETTE. Et moi je vais à ma toilette, venez
m'y coiffer, Lisette, pour vous accoutumer
à vos fonctions ; un peu d'attention à votre
service, s'il vous plaît.

SILVIA. Vous serez contente, Marquise, mar-
chons.

## Scène 3

### MARIO, MONSIEUR ORGON, SILVIA

MARIO. Ma sœur, je te félicite de la nouvelle
que j'apprends ; nous allons voir ton
amant, dit-on.

SILVIA. Oui, mon frère ; mais je n'ai pas le
temps de m'arrêter, j'ai des affaires
sérieuses, et mon père vous les dira : je
vous quitte.

## Scène 4

### MONSIEUR ORGON, MARIO

MONSIEUR ORGON. Ne l'amusez pas, Mario,
venez, vous saurez de quoi il s'agit.

MARIO. Qu'y a-t-il de nouveau, Monsieur ?

MONSIEUR ORGON. Je commence par vous
recommander d'être discret sur ce que je
vais vous dire, au moins.

MARIO. Je suivrai vos ordres.

MONSIEUR ORGON. Nous verrons Dorante
aujourd'hui ; mais nous ne le verrons que
déguisé.

MARIO. Déguisé ! Viendra-t-il en partie de
masque, lui donnerez-vous le bal ?

MONSIEUR ORGON. Écoutez l'article de la lettre
du père. Hum... « Je ne sais au reste ce que
vous penserez d'une imagination qui est
venue à mon fils ; elle est bizarre, il en
convient lui-même, mais le motif en est
pardonnable et même délicat ; c'est qu'il
m'a prié de lui permettre de n'arriver
d'abord chez vous que sous la figure de
son valet, qui de son côté fera le personnage de son maître. »

MARIO. Ah, ah ! cela sera plaisant.

MONSIEUR ORGON. Écoutez le reste... « Mon fils
sait combien l'engagement qu'il va prendre
est sérieux, et il espère, dit-il, sous ce
déguisement de peu de durée, saisir quel-
ques traits du caractère de notre future et
la mieux connaître, pour se régler ensuite
sur ce qu'il doit faire, suivant la liberté que
nous sommes convenus de leur laisser.
Pour moi, qui m'en fie bien à ce que vous
m'avez dit de votre aimable fille, j'ai
consenti à tout en prenant la précaution
de vous avertir, quoiqu'il m'ait demandé le
secret de votre côté ; vous en userez là-
dessus avec la future comme vous le juge-
rez à propos... » Voilà ce que le père
m'écrit. Ce n'est pas le tout, voici ce qui
arrive ; c'est que votre sœur, inquiète de
son côté sur le chapitre de Dorante, dont
elle ignore le secret, m'a demandé de jouer
ici la même comédie, et cela précisément
pour observer Dorante, comme Dorante
veut l'observer. Qu'en dites-vous ? Savez-
vous rien de plus particulier que cela ?
Actuellement, la maîtresse et la servante se
travestissent. Que me conseillez-vous,
Mario, avertirai-je votre sœur ou non ?

MARIO. Ma foi, Monsieur, puisque les choses prennent ce train-là, je ne voudrais pas les déranger, et je respecterais l'idée qui leur est venue à l'un et à l'autre ; il faudra bien qu'ils se parlent souvent tous deux sous ce déguisement, voyons si leur cœur ne les avertirait pas de ce qu'ils valent. Peut-être que Dorante prendra du goût pour ma sœur, toute soubrette qu'elle sera, et cela serait charmant pour elle.

MONSIEUR ORGON. Nous verrons un peu comment elle se tirera d'intrigue.

MARIO. C'est une aventure qui ne saurait manquer de nous divertir, je veux me trouver au début et les agacer tous deux.

*Scène 5*

SILVIA, MONSIEUR ORGON, MARIO

SILVIA. Me voilà, Monsieur, ai-je mauvaise grâce en femme de chambre ? Et vous, mon frère, vous savez de quoi il s'agit apparemment, comment me trouvez-vous ?

MARIO. Ma foi, ma sœur, c'est autant de pris que le valet ; mais tu pourrais bien aussi escamoter Dorante à ta maîtresse.

SILVIA. Franchement, je ne haïrais pas de lui plaire sous le personnage que je joue, je ne serais pas fâchée de subjuguer sa raison, de l'étourdir un peu sur la distance qu'il y aura de lui à moi ; si mes charmes font ce

coup-là, ils me feront plaisir, je les estime-
rai. D'ailleurs, cela m'aiderait à démêler
Dorante. A l'égard de son valet, je ne
crains pas ses soupirs, ils n'oseront
m'aborder, il y aura quelque chose dans
ma physionomie qui inspirera plus de respect que d'amour à ce faquin-là.

MARIO. Allons doucement, ma sœur, ce
faquin-là sera votre égal.

MONSIEUR ORGON. Et ne manquera pas de
t'aimer.

SILVIA. Eh bien, l'honneur de lui plaire ne me
sera pas inutile ; les valets sont naturelle-
ment indiscrets, l'amour est babillard, et
j'en ferai l'historien de son maître.

UN VALET. Monsieur, il vient d'arriver un
domestique qui demande à vous parler ; il
est suivi d'un crocheteu qui porte une
valise.

MONSIEUR ORGON. Qu'il entre : c'est sans doute
le valet de Dorante ; son maître peut être
resté au bureau pour affaires. Où est
Lisette ?

SILVIA. Lisette s'habille, et, dans son miroir,
nous trouve très imprudents de lui livrer
Dorante, elle aura bientôt fait.

MONSIEUR ORGON. Doucement, on vient.

### Scène 6

DORANTE, *en valet*, MONSIEUR ORGON, SILVIA,
MARIO

DORANTE. Je cherche Monsieur Orgon,
n'est-ce pas à lui à qui j'ai l'honneur de
faire la révérence ?

MONSIEUR ORGON. Oui, mon ami, c'est à lui-même.

DORANTE. Monsieur, vous avez sans doute reçu de nos nouvelles, j'appartiens à Monsieur Dorante, qui me suit, et qui m'envoie toujours devant vous assurer de ses respects, en attendant qu'il vous en assure lui-même.

MONSIEUR ORGON. Tu fais ta commission de fort bonne grâce ; Lisette, que dis-tu de ce garçon-là ?

SILVIA. Moi, Monsieur, je dis qu'il est bien-venu, et qu'il promet.

DORANTE. Vous avez bien de la bonté, je fais du mieux qu'il m'est possible.

MARIO. Il n'est pas mal tourné au moins, ton cœur n'a qu'à bien se tenir, Lisette.

SILVIA. Mon cœur, c'est bien des affaires.

DORANTE. Ne vous fâchez pas, Mademoiselle, ce que dit Monsieur ne m'en fait point accroire.

SILVIA. Cette modestie-là me plaît, continuez de même.

MARIO. Fort bien ! Mais il me semble que ce nom de Mademoiselle qu'il te donne est bien sérieux ; entre gens comme vous, le style des compliments ne doit pas être si grave, vous seriez toujours sur le qui-vive ; allons, traitez-vous plus commodément, tu as nom Lisette, et toi mon garçon, comment t'appelles-tu ?

DORANTE. Bourguignon, Monsieur, pour vous servir.

SILVIA. Eh bien, Bourguignon, soit !

DORANTE. Va donc pour Lisette, je n'en serai pas moins votre serviteur.

MARIO. Votre serviteur, ce n'est point encore là votre jargon, c'est ton serviteur qu'il faut dire.

MONSIEUR ORGON. Ah ! ah ! ah ! ah !

SILVIA, *bas à Mario*. Vous me jouez, mon frère.

DORANTE. A l'égard du tutoiement, j'attends les ordres de Lisette.

SILVIA. Fais comme tu voudras, Bourguignon ; voilà la glace rompue, puisque cela divertit ces Messieurs.

DORANTE. Je t'en remercie, Lisette, et je réponds sur-le-champ à l'honneur que tu me fais.

MONSIEUR ORGON. Courage, mes enfants, si vous commencez à vous aimer, vous voilà débarrassés des cérémonies.

MARIO. Oh, doucement, s'aimer, c'est une autre affaire ; vous ne savez peut-être pas que j'en veux au cœur de Lisette, moi qui vous parle. Il est vrai qu'il m'est cruel, mais je ne veux pas que Bourguignon aille sur mes brisées.

SILVIA. Oui, le prenez-vous sur ce ton-là, et moi, je veux que Bourguignon m'aime.

DORANTE. Tu te fais tort de dire je veux, belle Lisette ; tu n'as pas besoin d'ordonner pour être servie.

MARIO. Mons Bourguignon, vous avez pillé cette galanterie-là quelque part.

DORANTE. Vous avez raison, Monsieur, c'est dans ses yeux que je l'ai prise.

MARIO. Tais-toi, c'est encore pis, je te défends d'avoir tant d'esprit.

SILVIA. Il ne l'a pas à vos dépens, et s'il en trouve dans mes yeux, il n'a qu'à prendre.

MONSIEUR ORGON. Mon fils, vous perdrez votre procès ; retirons-nous, Dorante va venir, allons le dire à ma fille ; et vous, Lisette, montrez à ce garçon l'appartement de son maître. Adieu, Bourguignon.

DORANTE. Monsieur, vous me faites trop d'honneur.


## Scène 7

### SILVIA, DORANTE

SILVIA, *à part*. Ils se donnent la comédie, n'importe, mettons tout à profit ; ce garçon-ci n'est pas sot, et je ne plains pas la soubrette qui l'aura. Il va m'en conter, laissons-le dire, pourvu qu'il m'instruise.

DORANTE, *à part*. Cette fille-ci m'étonne, il n'y a point de femme au monde à qui sa physionomie ne fît honneur : lions connaissance avec elle. *(Haut.)* Puisque nous sommes dans le style amical et que nous avons abjuré les façons, dis-moi, Lisette, ta maîtresse te vaut-elle ? Elle est bien hardie d'oser avoir une femme de chambre comme toi.

SILVIA. Bourguignon, cette question-là m'annonce que, suivant la coutume, tu arrives avec l'intention de me dire des douceurs, n'est-il pas vrai ?

DORANTE. Ma foi, je n'étais pas venu dans ce dessein-là, je te l'avoue ; tout valet que je suis, je n'ai jamais eu de grandes liaisons avec les soubrettes, je n'aime pas l'esprit domestique ; mais à ton égard c'est une autre affaire ; comment donc, tu me soumets, je suis presque timide, ma familiarité n'oserait s'apprivoiser avec toi, j'ai toujours envie d'ôter mon chapeau de dessus ma tête, et quand je te tutoie, il me semble que je jure ; enfin j'ai un penchant à te traiter avec des respects qui te feraient rire. Quelle espèce de suivante es-tu donc avec ton air de princesse ?

SILVIA. Tiens, tout ce que tu dis avoir senti en me voyant est précisément l'histoire de tous les valets qui m'ont vue.

DORANTE. Ma foi, je ne serais pas surpris quand ce serait aussi l'histoire de tous les maîtres.

SILVIA. Le trait est joli assurément ; mais je te le répète encore, je ne suis point faite aux cajoleries de ceux dont la garde-robe ressemble à la tienne.

DORANTE. C'est-à-dire que ma parure ne te plaît pas ?

SILVIA. Non, Bourguignon ; laissons là l'amour, et soyons bons amis.

DORANTE. Rien que cela ? Ton petit traité n'est composé que de deux clauses impossibles.

SILVIA, *à part.* Quel homme pour un valet ! *(Haut.)* Il faut pourtant qu'il s'exécute, on m'a prédit que je n'épouserais jamais qu'un homme de condition, et j'ai juré depuis de n'en écouter jamais d'autres.

DORANTE. Parbleu, cela est plaisant, ce que tu as juré pour homme, je l'ai juré pour femme, moi, j'ai fait serment de n'aimer sérieusement qu'une fille de condition.

SILVIA. Ne t'écarte donc pas de ton projet.

DORANTE. Je ne m'en écarte peut-être pas tant que nous le croyons, tu as l'air bien distingué, et l'on est quelquefois fille de condition sans le savoir.

SILVIA. Ah, ah, ah, je te remercierais de ton éloge, si ma mère n'en faisait pas les frais.

DORANTE. Eh bien, venge-toi sur la mienne, si tu me trouves assez bonne mine pour cela.

SILVIA, *à part*. Il le mériterait. *(Haut.)* Mais ce n'est pas là de quoi il est question ; trêve de badinage, c'est un homme de condition qui m'est prédit pour époux, et je n'en rabattrai rien.

DORANTE. Parbleu, si j'étais tel, la prédiction me menacerait, j'aurais peur de la vérifier, je n'ai point de foi à l'astrologie, mais j'en ai beaucoup à ton visage.

SILVIA, *à part*. Il ne tarit point... *(Haut.)* Finiras-tu, que t'importe la prédiction puisqu'elle t'exclut ?

DORANTE. Elle n'a pas prédit que je ne t'aimerais point.

SILVIA. Non, mais elle a dit que tu n'y gagnerais rien, et moi je te le confirme.

DORANTE. Tu fais fort bien, Lisette, cette fierté-là te va à merveille, et quoiqu'elle me fasse mon procès, je suis pourtant bien aise de te la voir ; je te l'ai souhaitée d'abord que je t'ai vue, il te fallait encore

cette grâce-là, et je me console d'y perdre,
parce que tu y gagnes.

SILVIA, *à part.* Mais en vérité, voilà un garçon
qui me surprend malgré que j'en aie...
*(Haut.)* Dis-moi, qui es-tu toi qui me
parles ainsi ?

DORANTE. Le fils d'honnêtes gens qui n'étaient
pas riches.

SILVIA. Va, je te souhaite de bon cœur une
meilleure situation que la tienne, et je voudrais pouvoir y contribuer ; la fortune a
tort avec toi.

DORANTE. Ma foi, l'amour a plus de tort
qu'elle, j'aimerais mieux qu'il me fût permis de te demander ton cœur, que d'avoir
tous les biens du monde.

SILVIA, *à part.* Nous voilà grâce au Ciel en
conversation réglée. *(Haut.)* Bourguignon,
je ne saurais me fâcher des discours que tu
me tiens ; mais je t'en prie, changeons
d'entretien, venons à ton maître ; tu peux
te passer de me parler d'amour, je pense ?

DORANTE. Tu pourrais bien te passer de m'en
faire sentir, toi.

SILVIA. Ahi, je me fâcherai, tu m'impatientes,
encore une fois laisse là ton amour.

DORANTE. Quitte donc ta figure.

SILVIA, *à part.* A la fin, je crois qu'il m'amuse...
*(Haut.)* Eh bien, Bourguignon, tu ne veux
donc pas finir, faudra-t-il que je te quitte ?
*(A part.)* Je devrais déjà l'avoir fait.

DORANTE. Attends, Lisette, je voulais moi-
même te parler d'autre chose ; mais je ne
sais plus ce que c'est.

SILVIA. J'avais de mon côté quelque chose à te dire ; mais tu m'as fait perdre mes idées aussi, à moi.

DORANTE. Je me rappelle de t'avoir demandé si ta maîtresse te valait.

SILVIA. Tu reviens à ton chemin par un détour, adieu.

DORANTE. Eh non, te dis-je, Lisette, il ne s'agit ici que de mon maître.

SILVIA. Eh bien soit ! je voulais te parler de lui aussi, et j'espère que tu voudras bien me dire confidemment ce qu'il est ; ton attachement pour lui m'en donne bonne opinion, il faut qu'il ait du mérite puisque tu le sers.

DORANTE. Tu me permettras peut-être bien de te remercier de ce que tu me dis là, par exemple ?

SILVIA. Veux-tu bien ne prendre pas garde à l'imprudence que j'ai eue de le dire ?

DORANTE. Voilà encore de ces réponses qui m'emportent ; fais comme tu voudras, je n'y résiste point, et je suis bien malheureux de me trouver arrêté par tout ce qu'il y a de plus aimable au monde.

SILVIA. Et moi, je voudrais bien savoir comment il se fait que j'ai la bonté de t'écouter, car assurément, cela est singulier.

DORANTE. Tu as raison, notre aventure est unique.

SILVIA, *à part.* Malgré tout ce qu'il m'a dit, je ne suis point partie, je ne pars point, me voilà encore, et je réponds ! En vérité, cela passe la raillerie. *(Haut.)* Adieu.

DORANTE. Achevons donc ce que nous voulions dire.

SILVIA. Adieu, te dis-je, plus de quartier. Quand ton maître sera venu, je tâcherai en faveur de ma maîtresse de le connaître par moi-même, s'il en vaut la peine ; en attendant, tu vois cet appartement, c'est le vôtre.

DORANTE. Tiens, voici mon maître.

## Scène 8

### DORANTE, SILVIA, ARLEQUIN

ARLEQUIN. Ah, te voilà, Bourguignon ; mon porte-manteau et toi, avez-vous été bien reçus ici ?

DORANTE. Il n'était pas possible qu'on nous reçût mal, Monsieur.

ARLEQUIN. Un domestique là-bas m'a dit d'entrer ici, et qu'on allait avertir mon beau-père qui était avec ma femme.

SILVIA. Vous voulez dire Monsieur Orgon et sa fille, sans doute, Monsieur ?

ARLEQUIN. Eh oui, mon beau-père et ma femme, autant vaut ; je viens pour épouser, et ils m'attendent pour être mariés ; cela est convenu, il ne manque plus que la cérémonie, qui est une bagatelle.

SILVIA. C'est une bagatelle qui vaut bien la peine qu'on y pense.

ARLEQUIN. Oui, mais quand on y a pensé on n'y pense plus.

SILVIA, *bas à Dorante*. Bourguignon, on est homme de mérite à bon marché chez vous, ce me semble ?

ARLEQUIN. Que dites-vous là à mon valet, la belle ?

SILVIA. Rien, je lui dis seulement que je vais faire descendre Monsieur Orgon.

ARLEQUIN. Et pourquoi ne pas dire mon beau-père, comme moi ?

SILVIA. C'est qu'il ne l'est pas encore.

DORANTE. Elle a raison, Monsieur, le mariage n'est pas fait.

ARLEQUIN. Eh bien, me voilà pour le faire.

DORANTE. Attendez donc qu'il soit fait.

ARLEQUIN. Pardi, voilà bien des façons pour un beau-père de la veille ou du lendemain.

SILVIA. En effet, quelle si grande différence y a-t-il entre être marié ou ne l'être pas ? Oui, Monsieur, nous avons tort, et je cours informer votre beau-père de votre arrivée.

ARLEQUIN. Et ma femme aussi, je vous prie ; mais avant que de partir, dites-moi une chose, vous qui êtes si jolie, n'êtes-vous pas la soubrette de l'hôtel ?

SILVIA. Vous l'avez dit.

ARLEQUIN. C'est fort bien fait, je m'en réjouis : croyez-vous que je plaise ici, comment me trouvez-vous ?

SILVIA. Je vous trouve... plaisant.

ARLEQUIN. Bon, tant mieux, entretenez-vous dans ce sentiment-là, il pourra trouver sa place.

SILVIA. Vous êtes bien modeste de vous en

contenter, mais je vous quitte, il faut qu'on
ait oublié d'avertir votre beau-père, car
assurément il serait venu, et j'y vais.

ARLEQUIN. Dites-lui que je l'attends avec affec-
tion.

SILVIA, *à part.* Que le sort est bizarre ! aucun
de ces deux hommes n'est à sa place.

### Scène 9

#### DORANTE, ARLEQUIN

ARLEQUIN. Eh bien, Monsieur, mon commen-
cement va bien ; je plais déjà à la soubrette.

DORANTE. Butor que tu es !

ARLEQUIN. Pourquoi donc, mon entrée a été si
gentille.

DORANTE. Tu m'avais tant promis de laisser là
tes façons de parler sottes et triviales, je
t'avais donné de si bonnes instructions, je
ne t'avais recommandé que d'être sérieux.
Va, je vois bien que je suis un étourdi de
m'en être fié à toi.

ARLEQUIN. Je ferai encore mieux dans les
suites, et puisque le sérieux n'est pas suffi-
sant, je donnerai du mélancolique, je pleu-
rerai, s'il le faut.

DORANTE. Je ne sais plus où j'en suis ; cette
aventure-ci m'étourdit : que faut-il que je
fasse ?

ARLEQUIN. Est-ce que la fille n'est pas plaisante ?

DORANTE. Tais-toi ; voici Monsieur Orgon qui vient.

## Scène 10

### MONSIEUR ORGON, DORANTE, ARLEQUIN

MONSIEUR ORGON. Mon cher Monsieur, je vous demande mille pardons de vous avoir fait attendre ; mais ce n'est que de cet instant que j'apprends que vous êtes ici.

ARLEQUIN. Monsieur, mille pardons, c'est beaucoup trop et il n'en faut qu'un quand on n'a fait qu'une faute ; au surplus, tous mes pardons sont à votre service.

MONSIEUR ORGON. Je tâcherai de n'en avoir pas besoin.

ARLEQUIN. Vous êtes le maître, et moi votre serviteur.

MONSIEUR ORGON. Je suis, je vous assure, charmé de vous voir, et je vous attendais avec impatience.

ARLEQUIN. Je serais d'abord venu ici avec Bourguignon ; mais quand on arrive de voyage, vous savez qu'on est si mal bâti, et j'étais bien aise de me présenter dans un état plus ragoûtant.

MONSIEUR ORGON. Vous y avez fort bien réussi ; ma fille s'habille, elle a été un peu indisposée ; en attendant qu'elle descende, voulez-vous vous rafraîchir ?

ARLEQUIN. Oh ! je n'ai jamais refusé de trinquer avec personne.

MONSIEUR ORGON. Bourguignon, ayez soin de vous, mon garçon.

ARLEQUIN. Le gaillard est gourmet, il boira du meilleur.

MONSIEUR ORGON. Qu'il ne l'épargne pas.

# Acte II

## Scène 1

### LISETTE, MONSIEUR ORGON

MONSIEUR ORGON. Eh bien, que me veux-tu, Lisette ?

LISETTE. J'ai à vous entretenir un moment.

MONSIEUR ORGON. De quoi s'agit-il ?

LISETTE. De vous dire l'état où sont les choses, parce qu'il est important que vous en soyez éclairci, afin que vous n'ayez point à vous plaindre de moi.

MONSIEUR ORGON. Ceci est donc bien sérieux ?

LISETTE. Oui, très sérieux. Vous avez consenti au déguisement de Mademoiselle Silvia, moi-même je l'ai trouvé d'abord sans conséquence, mais je me suis trompée.

MONSIEUR ORGON. Et de quelle conséquence est-il donc ?

LISETTE. Monsieur, on a de la peine à se louer soi-même, mais malgré toutes les règles de la modestie, il faut pourtant que je vous dise que si vous ne mettez ordre à ce qui arrive, votre prétendu n'aura plus de cœur à donner à Mademoiselle votre fille ; il est temps qu'elle se déclare, cela presse, car un jour plus tard, je n'en réponds plus.

MONSIEUR ORGON. Eh ! d'où vient qu'il ne voudra plus de ma fille, quand il la connaîtra, te défies-tu de ses charmes ?

LISETTE. Non ; mais vous ne vous méfiez pas assez des miens, je vous avertis qu'ils vont leur train, et que je ne vous conseille pas de les laisser faire.

MONSIEUR ORGON. Je vous en fais mes compliments, Lisette. *(Il rit.)* Ah, ah, ah !

LISETTE. Nous y voilà ; vous plaisantez, Monsieur, vous vous moquez de moi, j'en suis fâchée, car vous y serez pris.

MONSIEUR ORGON. Ne t'en embarrasse pas, Lisette, va ton chemin.

LISETTE. Je vous le répète encore, le cœur de Dorante va bien vite ; tenez, actuellement je lui plais beaucoup, ce soir il m'aimera, il m'adorera demain ; je ne le mérite pas, il est de mauvais goût, vous en direz ce qu'il vous plaira ; mais cela ne laissera pas que d'être, voyez-vous, demain je me garantis adorée.

MONSIEUR ORGON. Eh bien, que vous importe : s'il vous aime tant, qu'il vous épouse.

LISETTE. Quoi ! vous ne l'en empêcheriez pas ?

MONSIEUR ORGON. Non, d'homme d'honneur, si tu le mènes jusque-là.

LISETTE. Monsieur, prenez-y garde, jusqu'ici je n'ai pas aidé à mes appas, je les ai laissés faire tout seuls ; j'ai ménagé sa tête : si je m'en mêle, je la renverse, il n'y aura plus de remède.

MONSIEUR ORGON. Renverse, ravage, brûle, enfin épouse, je te le permets si tu le peux.

LISETTE. Sur ce pied-là je compte ma fortune faite.

MONSIEUR ORGON. Mais dis-moi, ma fille t'a-t-elle parlé, que pense-t-elle de son prétendu ?

LISETTE. Nous n'avons encore guère trouvé le moment de nous parler, car ce prétendu m'obsède, mais à vue de pays, je ne la crois pas contente, je la trouve triste, rêveuse, et je m'attends bien qu'elle me priera de le rebuter.

MONSIEUR ORGON. Et moi, je te le défends ; j'évite de m'expliquer avec elle, j'ai mes raisons pour faire durer ce déguisement ; je veux qu'elle examine son futur plus à loisir. Mais le valet, comment se gouverne-t-il ? ne se mêle-t-il pas d'aimer ma fille ?

LISETTE. C'est un original, j'ai remarqué qu'il fait l'homme de conséquence avec elle, parce qu'il est bien fait ; il la regarde et soupire.

MONSIEUR ORGON. Et cela la fâche ?

LISETTE. Mais... elle rougit.

MONSIEUR ORGON. Bon, tu te trompes ; les regards d'un valet ne l'embarrassent pas jusque-là.

LISETTE. Monsieur, elle rougit.

MONSIEUR ORGON. C'est donc d'indignation.

LISETTE. A la bonne heure.

MONSIEUR ORGON. Eh bien, quand tu lui parleras, dis-lui que tu soupçonnes ce valet de la prévenir contre son maître ; et si elle se fâche, ne t'en inquiète point, ce sont mes affaires. Mais voici Dorante qui te cherche apparemment.

## Scène 2

### LISETTE, ARLEQUIN, MONSIEUR ORGON

ARLEQUIN. Ah, je vous retrouve, merveilleuse dame, je vous demandais à tout le monde ; serviteur, cher beau-père, ou peu s'en faut.

MONSIEUR ORGON. Serviteur : Adieu, mes enfants, je vous laisse ensemble ; il est bon que vous vous aimiez un peu avant que de vous marier.

ARLEQUIN. Je ferais bien ces deux besognes-là à la fois, moi.

MONSIEUR ORGON. Point d'impatience, adieu.

## Scène 3

### LISETTE, ARLEQUIN

ARLEQUIN. Madame, il dit que je ne m'impatiente pas ; il en parle bien à son aise, le bonhomme.

LISETTE. J'ai de la peine à croire qu'il vous en

coûte tant d'attendre, Monsieur, c'est par galanterie que vous faites l'impatient, à peine êtes-vous arrivé ! Votre amour ne saurait être bien fort, ce n'est tout au plus qu'un amour naissant.

ARLEQUIN. Vous vous trompez, prodige de nos jours, un amour de votre façon ne reste pas longtemps au berceau ; votre premier coup d'œil a fait naître le mien, le second lui a donné des forces et le troisième l'a rendu grand garçon ; tâchons de l'établir au plus vite, ayez soin de lui puisque vous êtes sa mère.

LISETTE. Trouvez-vous qu'on le maltraite, est-il si abandonné ?

ARLEQUIN. En attendant qu'il soit pourvu, donnez-lui seulement votre belle main blanche, pour l'amuser un peu.

LISETTE. Tenez donc, petit importun, puisqu'on ne saurait avoir la paix qu'en vous amusant.

ARLEQUIN, *lui baisant la main.* Cher joujou de mon âme ! cela me réjouit comme du vin délicieux, quel dommage de n'en avoir que roquille !

LISETTE. Allons, arrêtez-vous, vous êtes trop avide.

ARLEQUIN. Je ne demande qu'à me soutenir en attendant que je vive.

LISETTE. Ne faut-il pas avoir de la raison ?

ARLEQUIN. De la raison ! hélas, je l'ai perdue, vos beaux yeux sont les filous qui me l'ont volée.

LISETTE. Mais est-il possible que vous

m'aimiez tant ? je ne saurais me le persuader.

ARLEQUIN. Je ne me soucie pas de ce qui est
possible, moi ; mais je vous aime comme
un perdu, et vous verrez bien dans votre
miroir que cela est juste.

LISETTE. Mon miroir ne servirait qu'à me
rendre plus incrédule.

ARLEQUIN. Ah ! mignonne adorable, votre
humilité ne serait donc qu'une hypocrite !

LISETTE. Quelqu'un vient à nous ; c'est votre
valet.

## Scène 4

DORANTE, ARLEQUIN, LISETTE

DORANTE. Monsieur, pourrais-je vous entretenir un moment ?

ARLEQUIN. Non : maudite soit la valetaille qui
ne saurait nous laisser en repos !

LISETTE. Voyez ce qu'il nous veut, Monsieur.

DORANTE. Je n'ai qu'un mot à vous dire.

ARLEQUIN. Madame, s'il en dit deux, son congé
sera le troisième. Voyons ?

DORANTE, *bas à Arlequin.* Viens donc, imper-
tinent.

ARLEQUIN, *bas à Dorante.* Ce sont des injures,
et non pas des mots, cela... *(A Lisette.)* Ma
reine, excusez.

LISETTE. Faites, faites.

DORANTE, *bas*. Débarrasse-moi de tout ceci, ne
te livre point ; parais sérieux et rêveur, et
même mécontent, entends-tu ?

ARLEQUIN. Oui, mon ami, ne vous inquiétez
pas, et retirez-vous.

## Scène 5

### ARLEQUIN, LISETTE

ARLEQUIN. Ah ! Madame, sans lui j'allais vous
dire de belles choses, et je n'en trouverai
plus que de communes à cette heure, hor-
mis mon amour qui est extraordinaire.
Mais à propos de mon amour, quand
est-ce que le vôtre lui tiendra compagnie ?

LISETTE. Il faut espérer que cela viendra.

ARLEQUIN. Et croyez-vous que cela vienne ?

LISETTE. La question est vive ; savez-vous bien
que vous m'embarrassez ?

ARLEQUIN. Que voulez-vous ? Je brûle, et je
crie au feu.

LISETTE. S'il m'était permis de m'expliquer si
vite...

ARLEQUIN. Je suis du sentiment que vous le
pouvez en conscience.

LISETTE. La retenue de mon sexe ne le veut
pas.

ARLEQUIN. Ce n'est donc pas la retenue d'à
présent qui donne bien d'autres permis-
sions.

LISETTE. Mais, que me demandez-vous ?

ARLEQUIN. Dites-moi un petit brin que vous m'aimez ; tenez, je vous aime, moi, faites l'écho, répétez, Princesse.

LISETTE. Quel insatiable ! Eh bien, Monsieur, je vous aime.

ARLEQUIN. Eh bien, Madame, je me meurs ; mon bonheur me confond, j'ai peur d'en courir les champs. Vous m'aimez, cela est admirable !

LISETTE. J'aurais lieu à mon tour d'être étonnée de la promptitude de votre hommage ; peut-être m'aimerez-vous moins quand nous nous connaîtrons mieux.

ARLEQUIN. Ah, Madame, quand nous en serons là j'y perdrai beaucoup, il y aura bien à décompter.

LISETTE. Vous me croyez plus de qualités que je n'en ai.

ARLEQUIN. Et vous, Madame, vous ne savez pas les miennes ; et je ne devrais vous parler qu'à genoux.

LISETTE. Souvenez-vous qu'on n'est pas les maîtres de son sort.

ARLEQUIN. Les pères et mères font tout à leur tête.

LISETTE. Pour moi, mon cœur vous aurait choisi, dans quelque état que vous eussiez été.

ARLEQUIN. Il a beau jeu pour me choisir encore.

LISETTE. Puis-je me flatter que vous êtes de même à mon égard ?

ARLEQUIN. Hélas, quand vous ne seriez que

Perrette ou Margot, quand je vous aurais vue, le <u>martinet</u> à la main, descendre à la cave, vous auriez toujours été ma Princesse.

LISETTE. Puissent de si beaux sentiments être durables !

ARLEQUIN. Pour les fortifier de part et d'autre, jurons-nous de nous aimer toujours, en dépit de toutes les fautes d'orthographe que vous aurez faites sur mon compte.

LISETTE. J'ai plus d'intérêt à ce serment-là que vous, et je le fais de tout mon cœur.

ARLEQUIN *se met à genoux.* Votre bonté m'éblouit, et je me prosterne devant elle.

LISETTE. Arrêtez-vous, je ne saurais vous souffrir dans cette posture-là, je serais ridicule de vous y laisser ; levez-vous. Voilà encore quelqu'un.

## Scène 6

LISETTE, ARLEQUIN, SILVIA

LISETTE. Que voulez-vous, Lisette ?

SILVIA. J'aurais à vous parler, Madame.

ARLEQUIN. Ne voilà-t-il pas ! Eh m'amie, revenez dans un quart d'heure, allez, les femmes de chambre de mon pays n'entrent point qu'on ne les appelle.

SILVIA. Monsieur, il faut que je parle à Madame.

ARLEQUIN. Mais voyez l'<u>opiniâtre</u> soubrette !

Reine de ma vie, renvoyez-la. Retournez-vous-en, ma fille. Nous avons ordre de nous aimer avant qu'on nous marie, n'interrompez point nos fonctions.

LISETTE. Ne pouvez-vous pas revenir dans un moment, Lisette ?

SILVIA. Mais, Madame...

ARLEQUIN. Mais ! ce mais-là n'est bon qu'à me donner la fièvre.

SILVIA, *à part les premiers mots*. Ah le vilain homme ! Madame, je vous assure que cela est pressé.

LISETTE. Permettez donc que je m'en défasse, Monsieur.

ARLEQUIN. Puisque le diable le veut, et elle aussi... patience... je me promènerai en attendant qu'elle ait fait. Ah, les sottes gens que nos gens !

## Scène 7

### SILVIA, LISETTE

SILVIA. Je vous trouve admirable de ne pas le renvoyer tout d'un coup, et de me faire essuyer les brutalités de cet animal-là.

LISETTE. Pardi, Madame, je ne puis pas jouer deux rôles à la fois ; il faut que je paraisse, ou la maîtresse, ou la suivante, que j'obéisse ou que j'ordonne.

SILVIA. Fort bien ; mais puisqu'il n'y est plus, écoutez-moi comme votre maîtresse : vous voyez bien que cet homme-là ne me convient point.

LISETTE. Vous n'avez pas eu le temps de l'examiner beaucoup.

SILVIA. Êtes-vous folle avec votre examen ? Est-il nécessaire de le voir deux fois pour juger du peu de convenance ? En un mot, je n'en veux point. Apparemment que mon père n'approuve pas la répugnance qu'il me voit, car il me fuit, et ne me dit mot ; dans cette conjoncture, c'est à vous à me tirer tout doucement d'affaire, en témoignant adroitement à ce jeune homme que vous n'êtes pas dans le goût de l'épouser.

LISETTE. Je ne saurais, Madame.

SILVIA. Vous ne sauriez ! Et qu'est-ce qui vous en empêche ?

LISETTE. Monsieur Orgon me l'a défendu.

SILVIA. Il vous l'a défendu ! Mais je ne reconnais point mon père à ce procédé-là.

LISETTE. Positivement défendu.

SILVIA. Eh bien, je vous charge de lui dire mes dégoûts, et de l'assurer qu'ils sont invincibles ; je ne saurais me persuader qu'après cela il veuille pousser les choses plus loin.

LISETTE. Mais, Madame, le futur, qu'a-t-il donc de si désagréable, de si rebutant ?

SILVIA. Il me déplaît, vous dis-je, et votre peu de zèle aussi.

LISETTE. Donnez-vous le temps de voir ce qu'il est, voilà tout ce qu'on vous demande.

SILVIA. Je le hais assez sans prendre du temps pour le haïr davantage.

LISETTE. Son valet qui fait l'important ne vous aurait-il point gâté l'esprit sur son compte ?

SILVIA. Hum, la sotte ! son valet a bien affaire ici !

LISETTE. C'est que je me méfie de lui, car il est raisonneur.

SILVIA. Finissez vos portraits, on n'en a que faire ; j'ai soin que ce valet me parle peu, et dans le peu qu'il m'a dit, il ne m'a jamais rien dit que de très sage.

LISETTE. Je crois qu'il est homme à vous avoir conté des histoires maladroites, pour faire briller son bel esprit.

SILVIA. Mon déguisement ne m'expose-t-il pas à m'entendre dire de jolies choses ! A qui en avez-vous ? D'où vous vient la manie d'imputer à ce garçon une répugnance à laquelle il n'a point de part ? Car enfin, vous m'obligez à le justifier ; il n'est pas question de le brouiller avec son maître, ni d'en faire un <u>fourbe</u>, pour me faire, moi, une imbécile qui écoute ses histoires.

LISETTE. Oh, Madame, dès que vous le défendez sur ce ton-là, et que cela va jusqu'à vous fâcher, je n'ai plus rien à dire.

SILVIA. Dès que je le défends sur ce ton-là ! Qu'est-ce que c'est que le ton dont vous dites cela vous-même ? Qu'entendez-vous par ce discours, que se passe-t-il dans votre esprit ?

LISETTE. Je dis, Madame, que je ne vous ai jamais vue comme vous êtes, et que je ne conçois rien à votre <u>aigreur</u>. Eh bien, si ce valet n'a rien dit, à la bonne heure, il ne faut pas vous emporter pour le justifier, je vous crois, voilà qui est fini, je ne m'oppose pas à la bonne opinion que vous en avez, moi.

SILVIA. Voyez-vous le mauvais esprit, comme elle tourne les choses ! Je me sens dans une indignation... qui... va jusqu'aux larmes...

LISETTE. En quoi donc, Madame ? Quelle finesse entendez-vous à ce que je dis ?

SILVIA. Moi, j'y entends finesse ! moi, je vous querelle pour lui ! j'ai bonne opinion de lui ! Vous me manquez de respect jusque-là ! Bonne opinion, juste Ciel ! bonne opinion ! Que faut-il que je réponde à cela ? Qu'est-ce que cela veut dire, à qui parlez-vous ? Qui est-ce qui est à l'abri de ce qui m'arrive, où en sommes-nous ?

LISETTE. Je n'en sais rien, mais je ne reviendrai de longtemps de la surprise où vous me jetez.

SILVIA. Elle a des façons de parler qui me mettent hors de moi ; retirez-vous, vous m'êtes insupportable, laissez-moi, je prendrai d'autres mesures.

## *Scène 8*

### SILVIA

SILVIA. Je frissonne encore de ce que je lui ai entendu dire ; avec quelle impudence les domestiques ne nous traitent-ils pas dans leur esprit ? Comme ces gens-là vous dégradent ! Je ne saurais m'en remettre, je n'oserais songer aux termes dont elle s'est servie, ils me font toujours peur. Il s'agit d'un valet : ah l'étrange chose ! Écartons l'idée dont cette insolente est venue me noircir l'imagination. Voici Bourguignon, voilà cet objet en question pour lequel je m'emporte ; mais ce n'est pas sa faute, le pauvre garçon, et je ne dois pas m'en prendre à lui.

### Scène 9

#### DORANTE, SILVIA

DORANTE. Lisette, quelque éloignement que tu aies pour moi, je suis forcé de te parler, je crois que j'ai à me plaindre de toi.

SILVIA. Bourguignon, ne nous tutoyons plus, je t'en prie.

DORANTE. Comme tu voudras.

SILVIA. Tu n'en fais pourtant rien.

DORANTE. Ni toi non plus, tu me dis : je t'en prie.

SILVIA. C'est que cela m'a échappé.

DORANTE. Eh bien, crois-moi, parlons comme nous pourrons ; ce n'est pas la peine de nous gêner pour le peu de temps que nous avons à nous voir.

SILVIA. Est-ce que ton maître s'en va ? Il n'y aurait pas grande perte.

DORANTE. Ni à moi non plus, n'est-il pas vrai ?
J'achève ta pensée.

SILVIA. Je l'achèverais bien moi-même si j'en
avais envie : mais je ne songe pas à toi.

DORANTE. Et moi, je ne te perds point de vue.

SILVIA. Tiens, Bourguignon, une bonne fois
pour toutes, demeure, va-t'en, reviens, tout
cela doit m'être indifférent, et me l'est en
effet, je ne te veux ni bien ni mal, je ne te
hais, ni ne t'aime, ni ne t'aimerai, à moins
que l'esprit ne me tourne. Voilà mes dispositions, ma raison ne m'en permet point
d'autres, et je devrais me dispenser de te le
dire.

DORANTE. Mon malheur est inconcevable, tu
m'ôtes peut-être tout le repos de ma vie.

SILVIA : Quelle fantaisie il s'est allé mettre
dans l'esprit ! Il me fait de la peine :
reviens à toi ; tu me parles, je te réponds,
c'est beaucoup, c'est trop même, tu peux
m'en croire, et si tu étais instruit, en vérité,
tu serais content de moi, tu me trouverais
d'une bonté sans exemple, d'une bonté que
je blâmerais dans une autre. Je ne me la
reproche pourtant pas, le fond de mon
cœur me rassure, ce que je fais est louable,
c'est par générosité que je te parle ; mais il
ne faut pas que cela dure, ces générosi-
tés-là ne sont bonnes qu'en passant, et je
ne suis pas faite pour me rassurer toujours
sur l'innocence de mes intentions ; à la fin,
cela ne ressemblerait plus à rien. Ainsi
finissons, Bourguignon ; finissons je t'en
prie ; qu'est-ce que cela signifie ? c'est se
moquer, allons, qu'il n'en soit plus parlé.

DORANTE. Ah, ma chère Lisette, que je souffre !

SILVIA. Venons à ce que tu voulais me dire ; tu te plaignais de moi quand tu es entré, de quoi était-il question ?

DORANTE. De rien, d'une bagatelle, j'avais envie de te voir, et je crois que je n'ai pris qu'un prétexte.

SILVIA, *à part*. Que dire à cela ? Quand je m'en fâcherais, il n'en serait ni plus ni moins.

DORANTE. Ta maîtresse en partant a paru m'accuser de t'avoir parlé au désavantage de mon maître.

SILVIA. Elle se l'imagine, et si elle t'en parle encore, tu peux le nier hardiment, je me charge du reste.

DORANTE. Eh, ce n'est pas cela qui m'occupe !

SILVIA. Si tu n'as que cela à me dire, nous n'avons plus que faire ensemble.

DORANTE. Laissez-moi du moins le plaisir de te voir.

SILVIA. Le beau motif qu'il me fournit là ! J'amuserai la passion de Bourguignon ! Le souvenir de tout ceci me fera bien rire un jour...

DORANTE. Tu me railles, tu as raison, je ne sais ce que je dis, ni ce que je te demande. Adieu.

SILVIA. Adieu, tu prends le bon parti... Mais, à propos de tes adieux, il me reste encore une chose à savoir : vous partez, m'as-tu dit, cela est-il sérieux ?

DORANTE. Pour moi, il faut que je parte, ou que la tête me tourne.

SILVIA. Je ne t'arrêtais pas pour cette réponse-là, par exemple.

DORANTE. Et je n'ai fait qu'une faute, c'est de n'être pas parti dès que je t'ai vue.

SILVIA, *à part*. J'ai besoin à tout moment d'oublier que je l'écoute.

DORANTE. Si tu savais, Lisette, l'état où je me trouve...

SILVIA. Oh, il n'est pas si curieux à savoir que le mien, je t'en assure.

DORANTE. Que peux-tu me reprocher ? Je ne me propose pas de te rendre sensible.

SILVIA, *à part*. Il ne faudrait pas s'y fier.

DORANTE. Et que pourrais-je espérer en tâchant de me faire aimer ? hélas ! quand même j'aurais ton cœur...

SILVIA. Que le ciel m'en préserve ! quand tu l'aurais, tu ne le saurais pas, et je ferais si bien que je ne le saurais pas moi-même : tenez, quelle idée il lui vient là !

DORANTE. Il est donc bien vrai que tu ne me hais, ni ne m'aimes, ni ne m'aimeras ?

SILVIA. Sans difficulté.

DORANTE. Sans difficulté ! Qu'ai-je donc de si affreux ?

SILVIA. Rien, ce n'est pas là ce qui te nuit.

DORANTE. Eh bien, chère Lisette, dis-le-moi cent fois, que tu ne m'aimeras point.

SILVIA. Oh, je te l'ai assez dit, tâche de me croire.

DORANTE. Il faut que je le croie ! Désespère une passion dangereuse, sauve-moi des effets que j'en crains ; tu ne me hais, ni ne m'aimes, ni ne m'aimeras ! accable mon cœur de cette certitude-là. J'agis de bonne foi, donne-moi du secours contre moi-même, il m'est nécessaire, je te le demande à genoux.

*Il se jette à genoux. Dans ce moment, Monsieur Orgon et Mario entrent et ne disent mot.*

SILVIA. Ah, nous y voilà ! il ne manquait plus que cette façon-là à mon aventure ; que je suis malheureuse ! c'est ma facilité qui le place là ; lève-toi donc. Bourguignon, je t'en conjure ; il peut venir quelqu'un. Je dirai ce qu'il te plaira, que me veux-tu ? je ne te hais point, lève-toi, je t'aimerais si je pouvais, tu ne me déplais point, cela doit te suffire.

DORANTE. Quoi ! Lisette, si je n'étais pas ce que je suis, si j'étais riche, d'une condition honnête, et que je t'aimasse autant que je t'aime, ton cœur n'aurait point de répugnance pour moi ?

SILVIA. Assurément.

DORANTE. Tu ne me haïrais pas, tu me souffrirais ?

SILVIA. Volontiers, mais lève-toi.

DORANTE. Tu parais le dire sérieusement ; et si cela est, ma raison est perdue.

SILVIA. Je dis ce que tu veux, et tu ne te lèves point.

## Scène 10

MONSIEUR ORGON, MARIO, SILVIA, DORANTE

MONSIEUR ORGON, *s'approchant.* C'est bien dommage de vous interrompre, cela va à merveille, mes enfants, courage !

SILVIA. Je ne saurais empêcher ce garçon de se mettre à genoux, Monsieur, je ne suis pas en état de lui en imposer, je pense.

MONSIEUR ORGON. Vous vous convenez parfaitement bien tous deux ; mais j'ai à te dire un mot, Lisette, et vous reprendrez votre conversation quand nous serons partis : vous le voulez bien, Bourguignon ?

DORANTE. Je me retire, Monsieur.

MONSIEUR ORGON. Allez, et tâchez de parler de votre maître avec un peu plus de ménagement que vous ne faites.

DORANTE. Moi, Monsieur !

MARIO. Vous-même, mons Bourguignon ; vous ne brillez pas trop dans le respect que vous avez pour votre maître, dit-on.

DORANTE. Je ne sais ce qu'on veut dire.

MONSIEUR ORGON. Adieu, adieu ; vous vous justifierez une autre fois.

## Scène 11

SILVIA, MARIO, MONSIEUR ORGON

MONSIEUR ORGON. Eh bien, Silvia, vous ne nous regardez pas, vous avez l'air tout embarrassé.

SILVIA. Moi, mon père ! et où serait le motif de mon embarras ? Je suis, grâce au Ciel, comme à mon ordinaire ; je suis fâchée de vous dire que c'est une idée.

MARIO. Il y a quelque chose, ma sœur, il y a quelque chose.

SILVIA. Quelque chose dans votre tête, à la bonne heure, mon frère ; mais, pour dans la mienne, il n'y a que l'étonnement de ce que vous dites.

MONSIEUR ORGON. C'est donc ce garçon qui vient de sortir qui t'inspire cette extrême antipathie que tu as pour son maître ?

SILVIA. Qui ? le domestique de Dorante ?

MONSIEUR ORGON. Oui, le galant Bourguignon.

SILVIA. Le galant Bourguignon, dont je ne savais pas l'épithète, ne me parle pas de lui.

MONSIEUR ORGON. Cependant, on prétend que c'est lui qui le détruit auprès de toi, et c'est sur quoi j'étais bien aise de te parler.

SILVIA. Ce n'est pas la peine, mon père, et personne au monde que son maître ne m'a donné l'aversion naturelle que j'ai pour lui.

MARIO. Ma foi, tu as beau dire, ma sœur, elle est trop forte pour être si naturelle, et quelqu'un y a aidé.

SILVIA, *avec vivacité*. Avec quel air mystérieux vous me dites cela, mon frère ! Et qui est donc ce quelqu'un qui y a aidé ? Voyons.

MARIO. Dans quelle humeur es-tu, ma sœur, comme tu t'emportes !

SILVIA. C'est que je suis bien lasse de mon

personnage, et je me serais déjà démas-
quée si je n'avais pas craint de fâcher mon
père.

MONSIEUR ORGON. Gardez-vous-en bien, ma
fille, je viens ici pour vous le recommander. Puisque j'ai eu la complaisance de
vous permettre votre déguisement, il faut,
s'il vous plaît, que vous ayez celle de sus-
pendre votre jugement sur Dorante, et de
voir si l'aversion qu'on vous a donnée pour
lui est légitime.

SILVIA. Vous ne m'écoutez donc point, mon
père ! Je vous dis qu'on ne me l'a point
donnée.

MARIO. Quoi ! ce babillard qui vient de sortir
ne t'a pas un peu dégoûtée de lui ?

SILVIA, *avec feu*. Que vos discours sont déso-
bligeants ! M'a dégoûtée de lui, dégoûtée !
J'essuie des expressions bien étranges ; je
n'entends plus que des choses inouïes,
qu'un langage inconcevable ; j'ai l'air
embarrassé, il y a quelque chose, et puis
c'est le galant Bourguignon qui m'a dégoûtée, c'est tout ce qui vous plaira, mais je
n'y entends rien.

MARIO. Pour le coup, c'est toi qui es étrange. A
qui en as-tu donc ? D'où vient que tu es si
fort sur le qui-vive, dans quelle idée nous
soupçonnes-tu ?

SILVIA. Courage, mon frère, par quelle fatalité
aujourd'hui ne pouvez-vous me dire un
mot qui ne me choque ? Quel soupçon
voulez-vous qui me vienne ? Avez-vous des
visions ?

MONSIEUR ORGON. Il est vrai que tu es si agitée

que je ne te reconnais point non plus. Ce
sont apparemment ces mouvements-là qui
sont cause que Lisette nous a parlé comme
elle a fait ; elle accusait ce valet de ne
t'avoir pas entretenue à l'avantage de son
maître, et Madame, nous a-t-elle dit, l'a
défendu contre moi avec tant de colère,
que j'en suis encore toute surprise, et c'est
sur ce mot de surprise que nous l'avons
querellée ; mais ces gens-là ne savent pas
la conséquence d'un mot.

SILVIA. L'impertinente ! y a-t-il rien de plus
haïssable que cette fille-là ? J'avoue que je
me suis fâchée par un esprit de justice
pour ce garçon.

MARIO. Je ne vois point de mal à cela.

SILVIA. Y a-t-il rien de plus simple ? Quoi,
parce que je suis équitable, que je veux
qu'on ne nuise à personne, que je veux
sauver un domestique du tort qu'on peut
lui faire auprès de son maître, on dit que
j'ai des emportements, des fureurs dont on
est surprise : un moment après un mauvais esprit raisonne, il faut se fâcher, il
faut la faire taire, et prendre mon parti
contre elle à cause de la conséquence de ce
qu'elle dit ? Mon parti ! J'ai donc besoin
qu'on me défende, qu'on me justifie ? On
peut donc mal interpréter ce que je fais ?
Mais que fais-je ? de quoi m'accuse-t-on ?
Instruisez-moi, je vous en conjure ; cela
est-il sérieux, me joue-t-on, se moque-t-on
de moi ? Je ne suis pas tranquille.

MONSIEUR ORGON. Doucement donc.

SILVIA. Non, Monsieur, il n'y a point de dou-

ceur qui tienne. Comment donc, des sur-
prises, des conséquences ! Eh qu'on
s'explique, que veut-on dire ? On accuse ce
valet, et on a tort ; vous vous trompez tous,
Lisette est une folle, il est innocent, et
voilà qui est fini ; pourquoi donc m'en
reparler encore ? Car je suis outrée !

MONSIEUR ORGON. Tu te retiens, ma fille, tu
aurais grande envie de me quereller aussi ;
mais faisons mieux, il n'y a que ce valet
qui soit suspect ici, Dorante n'a qu'à le
chasser.

SILVIA. Quel malheureux déguisement ! Surtout que Lisette ne m'approche pas, je la
hais plus que Dorante.

MONSIEUR ORGON. Tu la verras si tu veux, mais
tu dois être charmée que ce garçon s'en
aille, car il t'aime, et cela t'importune assurément.

SILVIA. Je n'ai point à m'en plaindre, il me
prend pour une suivante, et il me parle sur
ce ton-là ; mais il ne me dit pas ce qu'il
veut, j'y mets bon ordre.

MARIO. Tu n'en es pas tant la maîtresse que tu
le dis bien.

MONSIEUR ORGON. Ne l'avons-nous pas vu se
mettre à genoux malgré toi ? N'as-tu pas
été obligée, pour le faire lever, de lui dire
qu'il ne te déplaisait pas ?

SILVIA, *à part.* J'étouffe.

MARIO. Encore a-t-il fallu, quand il t'a
demandé si tu l'aimerais, que tu aies ten-
drement ajouté : volontiers, sans quoi il y
serait encore.

SILVIA. L'heureuse apostille, mon frère, mais comme l'action m'a déplu, la répétition n'en est pas aimable. Ah çà, parlons sérieusement, quand finira la comédie que vous donnez sur mon compte ?

MONSIEUR ORGON. La seule chose que j'exige de toi, ma fille, c'est de ne te déterminer à le refuser qu'avec connaissance de cause ; attends encore, tu me remercieras du délai que je demande, je t'en réponds.

MARIO. Tu épouseras Dorante, et même avec inclination, je te le prédis... Mais, mon père, je vous demande grâce pour le valet.

SILVIA. Pourquoi grâce ? et moi je veux qu'il sorte.

MONSIEUR ORGON. Son maître en décidera, allons-nous-en.

MARIO. Adieu, adieu ma sœur, sans rancune.

## Scène 12

SILVIA, *seule ;* DORANTE, *qui vient peu après*

SILVIA. Ah, que j'ai le cœur serré ! Je ne sais ce qui se mêle à l'embarras où je me trouve, toute cette aventure-ci m'afflige, je me défie de tous les visages, je ne suis contente de personne, je ne le suis pas de moi-même.

DORANTE. Ah, je te cherchais, Lisette.

SILVIA. Ce n'était pas la peine de me trouver, car je te fuis, moi.

DORANTE, *l'empêchant de sortir.* **Arrête donc,** Lisette, j'ai à te parler pour la dernière fois, il s'agit d'une chose de conséquence qui regarde tes maîtres.

SILVIA. Va la dire à eux-mêmes, je ne te vois jamais que tu ne me chagrines, laisse-moi.

DORANTE. Je t'en offre autant ; mais écoute-moi, te dis-je, tu vas voir les choses bien changer de face, par ce que je te vais dire.

SILVIA. Eh bien, parle donc, je t'écoute, puisqu'il est arrêté que ma complaisance pour toi sera éternelle.

DORANTE. Me promets-tu le secret ?

SILVIA. Je n'ai jamais trahi personne.

DORANTE. Tu ne dois la confidence que je vais te faire qu'à l'estime que j'ai pour toi.

SILVIA. Je le crois ; mais tâche de m'estimer sans me le dire, car cela sent le prétexte.

DORANTE. Tu te trompes, Lisette : tu m'as promis le secret, achevons. Tu m'as vu dans de grands mouvements, je n'ai pu me défendre de t'aimer.

SILVIA. Nous y voilà ; je me défendrai bien de t'entendre, moi ; adieu.

DORANTE. Reste, ce n'est plus Bourguignon qui te parle.

SILVIA. Eh, qui es-tu donc ?

DORANTE. Ah, Lisette ! c'est ici où tu vas juger des peines qu'a dû ressentir mon cœur.

SILVIA. Ce n'est pas à ton cœur à qui je parle, c'est à toi.

DORANTE. Personne ne vient-il ?

SILVIA. Non.

DORANTE. L'état où sont toutes les choses me force à te le dire, je suis trop honnête homme pour n'en pas arrêter le cours.

SILVIA. Soit.

DORANTE. Sache que celui qui est avec ta maîtresse n'est pas ce qu'on pense.

SILVIA, *vivement*. Qui est-il donc ?

DORANTE. Un valet.

SILVIA. Après ?

DORANTE. C'est moi qui suis Dorante.

SILVIA, *à part*. Ah ! je vois clair dans mon cœur.

DORANTE. Je voulais sous cet habit pénétrer un peu ce que c'était que ta maîtresse, avant de l'épouser. Mon père, en partant, me permit ce que j'ai fait, et l'événement m'en paraît un songe : je hais la maîtresse dont je devais être l'époux, et j'aime la suivante qui ne devait trouver en moi qu'un nouveau maître. Que faut-il que je fasse à présent ? Je rougis pour elle de le dire, mais ta maîtresse a si peu de goût qu'elle est éprise de mon valet au point qu'elle l'épousera si on la laisse faire. Quel parti prendre ?

SILVIA, *à part*. Cachons-lui qui je suis... (*Haut.*) Votre situation est neuve assurément ! Mais, Monsieur, je vous fais d'abord mes excuses de tout ce que mes discours ont pu avoir d'irrégulier dans nos entretiens.

DORANTE, *vivement*. Tais-toi, Lisette ; tes excuses me chagrinent, elles me rappellent la distance qui nous sépare, et ne me la rendent que plus douloureuse.

SILVIA. Votre penchant pour moi est-il si sérieux ? m'aimez-vous jusque-là ?

DORANTE. Au point de renoncer à tout engagement, puisqu'il ne m'est pas permis d'unir mon sort au tien ; et dans cet état, la seule douceur que je pouvais goûter, c'était de croire que tu ne me haïssais pas.

SILVIA. Un cœur qui m'a choisie dans la condition où je suis, est assurément bien digne qu'on l'accepte, et je le payerais volontiers du mien, si je ne craignais pas de le jeter dans un engagement qui lui ferait tort.

DORANTE. N'as-tu pas assez de charmes, Lisette ? y ajoutes-tu encore la noblesse avec laquelle tu me parles ?

SILVIA. J'entends quelqu'un, patientez encore sur l'article de votre valet, les choses n'iront pas si vite, nous nous reverrons, et nous chercherons les moyens de vous tirer d'affaire.

DORANTE. Je suivrai tes conseils.

*Il sort.*

SILVIA. Allons, j'avais grand besoin que ce fût là Dorante.

## Scène 13

### SILVIA, MARIO

MARIO. Je viens te retrouver, ma sœur ; nous t'avons laissée dans des inquiétudes qui

me touchent ; je veux t'en tirer, écoute-
moi.

SILVIA, *vivement*. Ah vraiment, mon frère, il y
a bien d'autres nouvelles !

MARIO. Qu'est-ce que c'est ?

SILVIA. Ce n'est point Bourguignon, mon
frère, c'est Dorante.

MARIO. Duquel parlez-vous donc ?

SILVIA. De lui, vous dis-je, je viens de
l'apprendre tout à l'heure ; il sort, il me l'a
dit lui-même.

MARIO. Qui donc ?

SILVIA. Vous ne m'entendez donc pas ?

MARIO. Si j'y comprends rien, je veux mourir.

SILVIA. Venez, sortons d'ici, allons trouver
mon père, il faut qu'il le sache ; j'aurai
besoin de vous aussi, mon frère : il me
vient de nouvelles idées, il faudra feindre
de m'aimer, vous en avez déjà dit quelque
chose en badinant ; mais surtout gardez
bien le secret, je vous en prie...

MARIO. Oh je le garderai bien, car je ne sais ce
que c'est.

SILVIA. Allons, mon frère, venez, ne perdons
point de temps ; il n'est jamais rien arrivé
d'égal à cela !

MARIO. Je prie le Ciel qu'elle n'extravague pas.

# Acte III

## Scène 1

### DORANTE, ARLEQUIN

ARLEQUIN. Hélas, Monsieur, mon très honoré maître, je vous en conjure.

DORANTE. Encore ?

ARLEQUIN. Ayez compassion de ma bonne aventure, ne portez point guignon à mon bonheur qui va son train si rondement, ne lui fermez point le passage.

DORANTE. Allons donc, misérable, je crois que tu te moques de moi ! Tu mériterais cent coups de bâton.

ARLEQUIN. Je ne les refuse point, si je les mérite ; mais quand je les aurai reçus, permettez-moi d'en mériter d'autres : voulez-vous que j'aille chercher le bâton ?

DORANTE. Maraud !

ARLEQUIN. Maraud, soit, mais cela n'est point contraire à faire fortune.

DORANTE. Ce coquin ! quelle imagination il lui prend !

ARLEQUIN. Coquin est encore bon, il me

convient aussi : un maraud n'est point dés-
honoré d'être appelé coquin ; mais un
coquin peut faire un bon mariage.

DORANTE. Comment, insolent, tu veux que je
laisse un honnête homme dans l'erreur, et
que je souffre que tu épouses sa fille sous
mon nom ? Écoute, si tu me parles encore
de cette impertinence-là, dès que j'aurai
averti Monsieur Orgon de ce que tu es, je
te chasse, entends-tu ?

ARLEQUIN. Accommodons-nous : cette demoi-
selle m'adore, elle m'idolâtre ; si je lui dis
mon état de valet, et que, nonobstant, son
tendre cœur soit toujours friand de la noce
avec moi, ne laisserez-vous pas jouer les
violons ?

DORANTE. Dès qu'on te connaîtra, je ne m'en
embarrasse plus.

ARLEQUIN. Bon ! je vais de ce pas prévenir
cette généreuse personne sur mon habit de
caractère, j'espère que ce ne sera pas un
galon de couleur qui nous brouillera
ensemble, et que son amour me fera passer à la table en dépit du sort qui ne m'a
mis qu'au buffet.

## Scène 2

### DORANTE *seul, et ensuite* MARIO

DORANTE. Tout ce qui se passe ici, tout ce qui
m'y est arrivé à moi-même est incroyable...
Je voudrais pourtant bien voir Lisette, et

savoir le succès de ce qu'elle m'a promis de
faire auprès de sa maîtresse pour me tirer
d'embarras. Allons voir si je pourrai la
trouver seule.

MARIO. Arrêtez, Bourguignon, j'ai un mot à
vous dire.

DORANTE. Qu'y a-t-il pour votre service, Monsieur ?

MARIO. Vous en contez à Lisette ?

DORANTE. Elle est si aimable, qu'on aurait de
la peine à ne lui pas parler d'amour.

MARIO. Comment reçoit-elle ce que vous lui
dites ?

DORANTE. Monsieur, elle en badine.

MARIO. Tu as de l'esprit, ne fais-tu pas l'hypocrite ?

DORANTE. Non ; mais qu'est-ce que cela vous
fait ? Supposé que Lisette eût du goût
pour moi...

MARIO. Du goût pour lui ! où prenez-vous vos
termes ? Vous avez le langage bien pré-
cieux pour un garçon de votre espèce.

DORANTE. Monsieur, je ne saurais parler
autrement.

MARIO. C'est apparemment avec ces petites
délicatesses-là que vous attaquez Lisette ;
cela imite l'homme de condition.

DORANTE. Je vous assure, Monsieur, que je
n'imite personne ; mais sans doute que
vous ne venez pas exprès pour me traiter
de ridicule, et vous aviez autre chose à me
dire, nous parlions de Lisette, de mon
inclination pour elle et de l'intérêt que
vous y prenez.

MARIO. Comment, morbleu ! il y a déjà un ton
de jalousie dans ce que tu me réponds ;
modère-toi un peu. Eh bien, tu me disais
qu'en supposant que Lisette eût du goût
pour toi... Après ?

DORANTE. Pourquoi faudrait-il que vous le
sussiez, Monsieur ?

MARIO. Ah, le voici : c'est que malgré le ton
badin que j'ai pris tantôt, je serais très
fâché qu'elle t'aimât, c'est que sans autre
raisonnement, je te défends de t'adresser
davantage à elle ; non pas dans le fond que
je craigne qu'elle t'aime, elle me paraît
avoir le cœur trop haut pour cela, mais
c'est qu'il me déplaît à moi d'avoir Bourguignon pour rival.

DORANTE. Ma foi, je vous crois, car Bourguignon, tout Bourguignon qu'il est, n'est pas
même content que vous soyez le sien.

MARIO. Il prendra patience.

DORANTE. Il faudra bien ; mais Monsieur, vous
l'aimez donc beaucoup ?

MARIO. Assez pour m'attacher sérieusement à
elle, dès que j'aurai pris de certaines
mesures ; comprends-tu ce que cela signifie ?

DORANTE. Oui, je crois que je suis au fait ; et
sur ce pied-là vous êtes aimé sans doute ?

MARIO. Qu'en penses-tu ? Est-ce que je ne
vaux pas la peine de l'être ?

DORANTE. Vous ne vous attendez pas à être
loué par vos propres rivaux, peut-être ?

MARIO. La réponse est de bon sens, je te la
pardonne ; mais je suis bien mortifié de ne

pouvoir pas dire qu'on m'aime, et je ne le dis pas pour t'en rendre compte, comme tu le crois bien, mais c'est qu'il faut dire la vérité.

DORANTE. Vous m'étonnez, Monsieur, Lisette ne sait donc pas vos desseins ?

MARIO. Lisette sait tout le bien que je lui veux, et n'y paraît pas sensible ; mais j'espère que la raison me gagnera son cœur. Adieu, retire-toi sans bruit. Son indifférence pour moi, malgré tout ce que je lui offre, doit te consoler du sacrifice que tu me feras... Ta livrée n'est pas propre à faire pencher la balance en ta faveur, et tu n'es pas fait pour lutter contre moi.

## Scène 3

### SILVIA, DORANTE, MARIO

MARIO. Ah, te voilà, Lisette ?

SILVIA. Qu'avez-vous, Monsieur, vous me paraissez ému ?

MARIO. Ce n'est rien, je disais un mot à Bourguignon.

SILVIA. Il est triste, est-ce que vous le querelliez ?

DORANTE. Monsieur m'apprend qu'il vous aime, Lisette.

SILVIA. Ce n'est pas ma faute.

DORANTE. Et me défend de vous aimer.

SILVIA. Il me défend donc de vous paraître aimable ?

MARIO. Je ne saurais empêcher qu'il ne t'aime,
belle Lisette, mais je ne veux pas qu'il te le
dise.

SILVIA. Il ne me le dit plus, il ne fait que me le
répéter.

MARIO. Du moins ne te le répétera-t-il pas
quand je serai présent ; retirez-vous, Bourguignon.

DORANTE. J'attends qu'elle me l'ordonne.

MARIO. Encore ?

SILVIA. Il dit qu'il attend, ayez donc patience.

DORANTE. Avez-vous de l'inclination pour
Monsieur ?

SILVIA. Quoi, de l'amour ? oh, je crois qu'il ne
sera pas nécessaire qu'on me le défende.

DORANTE. Ne me trompez-vous pas ?

MARIO. En vérité, je joue ici un joli personnage ; qu'il sorte donc. A qui est-ce que je
parle ?

DORANTE. A Bourguignon, voilà tout.

MARIO. Eh bien, qu'il s'en aille !

DORANTE, *à part*. Je souffre.

SILVIA. Cédez, puisqu'il se fâche.

DORANTE, *bas à Silvia*. Vous ne demandez
peut-être pas mieux ?

MARIO. Allons, finissons.

DORANTE. Vous ne m'aviez pas dit cet
amour-là, Lisette.


## Scène 4

### MONSIEUR ORGON, MARIO, SILVIA

SILVIA. Si je n'aimais pas cet homme-là,
avouons que je serais bien ingrate.

MARIO, *riant.* Ah ! ah ! ah ! ah !

MONSIEUR ORGON. De quoi riez-vous, Mario ?

MARIO. De la colère de Dorante qui sort, et que j'ai obligé de quitter Lisette.

SILVIA. Mais que vous a-t-il dit dans le petit entretien que vous avez eu tête à tête avec lui ?

MARIO. Je n'ai jamais vu d'homme ni plus intrigué ni de plus mauvaise humeur.

MONSIEUR ORGON. Je ne suis pas fâché qu'il soit la dupe de son propre stratagème, et d'ailleurs, à le bien prendre il n'y a rien de si flatteur ni de plus obligeant pour lui que tout ce que tu as fait jusqu'ici, ma fille ; mais en voilà assez.

MARIO. Mais où en est-il précisément, ma sœur ?

SILVIA. Hélas, mon frère, je vous avoue que j'ai lieu d'être contente.

MARIO. Hélas, mon frère, dit-elle ! Sentez-vous cette paix douce qui se mêle à ce qu'elle dit ?

MONSIEUR ORGON. Quoi, ma fille, tu espères qu'il ira jusqu'à t'offrir sa main dans le déguisement où te voilà ?

SILVIA. Oui, mon cher père, je l'espère.

MARIO. Friponne que tu es, avec ton cher père ! tu ne nous grondes plus à présent, tu nous dis des douceurs.

SILVIA. Vous ne me passez rien.

MARIO. Ah ! ah ! je prends ma revanche ; tu m'as tantôt chicané sur mes expressions, il faut bien à mon tour que je badine un peu sur les tiennes ; ta joie est bien aussi divertissante que l'était ton inquiétude.

MONSIEUR ORGON. Vous n'aurez point à vous plaindre de moi, ma fille, j'acquiesce à tout ce qui vous plaît.

SILVIA. Ah, Monsieur, si vous saviez combien je vous aurai d'obligation ! Dorante et moi, nous sommes destinés l'un à l'autre, il doit m'épouser ; si vous saviez combien je lui tiendrai compte de ce qu'il fait aujourd'hui pour moi, combien mon cœur gardera le souvenir de l'excès de tendresse qu'il me montre ! si vous saviez combien tout ceci va rendre notre union aimable ! Il ne pourra jamais se rappeler notre histoire sans m'aimer, je n'y songerai jamais que je ne l'aime, vous avez fondé notre bonheur pour la vie, en me laissant faire ; c'est un mariage unique ; c'est une aventure dont le seul récit est attendrissant ; c'est le coup de hasard le plus singulier, le plus heureux, le plus...

MARIO. Ah ! ah ! ah ! que ton cœur a de caquet, ma sœur, quelle éloquence !

MONSIEUR ORGON. Il faut convenir que le régal que tu te donnes est charmant, surtout si tu achèves.

SILVIA. Cela vaut fait, Dorante est vaincu, j'attends mon captif.

MARIO. Ses fers seront plus dorés qu'il ne pense ; mais je lui crois l'âme en peine, et j'ai pitié de ce qu'il souffre.

SILVIA. Ce qui lui en coûte à se déterminer ne me le rend que plus estimable : il pense qu'il chagrinera son père en m'épousant, il croit trahir sa fortune et sa naissance. Voilà de grands sujets de réflexions : je serai charmée de triompher. Mais il faut que j'arrache ma victoire, et non pas qu'il me la donne : je veux un combat entre l'amour et la raison.

MARIO. Et que la raison y périsse ?

MONSIEUR ORGON. C'est-à-dire que tu veux qu'il sente toute l'étendue de l'impertinence qu'il croira faire : quelle insatiable vanité d'amour-propre !

MARIO. Cela, c'est l'amour-propre d'une femme, et il est tout au plus uni.

## Scène 5

MONSIEUR ORGON, SILVIA, MARIO, LISETTE

MONSIEUR ORGON. Paix, voici Lisette : voyons ce qu'elle nous veut.

LISETTE. Monsieur, vous m'avez dit tantôt que vous m'abandonniez Dorante, que vous livriez sa tête à ma discrétion ; je vous ai pris au mot, j'ai travaillé comme pour moi, et vous verrez de l'ouvrage bien fait, allez, c'est une tête bien conditionnée. Que voulez-vous que j'en fasse à présent, Madame me le cède-t-elle ?

MONSIEUR ORGON. Ma fille, encore une fois, n'y prétendez-vous rien ?

SILVIA. Non, je te le donne, Lisette, je te remets tous mes droits, et pour dire comme toi, je ne prendrai jamais de part à un cœur que je n'aurai pas conditionné moi-même.

LISETTE. Quoi ! vous voulez bien que je l'épouse, Monsieur le veut bien aussi ?

MONSIEUR ORGON. Oui, qu'il s'accommode, pourquoi t'aime-t-il ?

MARIO. J'y consens aussi, moi.

LISETTE. Moi aussi, et je vous en remercie tous.

MONSIEUR ORGON. Attends, j'y mets pourtant une petite restriction ; c'est qu'il faudrait, pour nous disculper de ce qui arrivera, que tu lui dises un peu qui tu es.

LISETTE. Mais si je le lui dis un peu, il le saura tout à fait.

MONSIEUR ORGON. Eh bien, cette tête en si bon état ne soutiendra-t-elle pas cette secousse-là ? Je ne le crois pas de caractère à s'effaroucher là-dessus.

LISETTE. Le voici qui me cherche, ayez donc la bonté de me laisser le champ libre, il s'agit ici de mon chef-d'œuvre.

MONSIEUR ORGON. Cela est juste, retirons-nous.

SILVIA. De tout mon cœur.

MARIO. Allons.


*Scène 6*

LISETTE, ARLEQUIN


ARLEQUIN. Enfin, ma reine, je vous vois et je ne vous quitte plus, car j'ai trop pâti d'avoir manqué de votre présence, et j'ai cru que vous esquiviez la mienne.

LISETTE. Il faut vous avouer, Monsieur, qu'il en était quelque chose.

ARLEQUIN. Comment donc, ma chère âme, élixir de mon cœur, avez-vous entrepris la fin de ma vie ?

LISETTE. Non, mon cher, la durée m'en est trop précieuse.

ARLEQUIN. Ah, que ces paroles me fortifient !

LISETTE. Et vous ne devez point douter de ma tendresse.

ARLEQUIN. Je voudrais bien pouvoir baiser ces petits mots-là, et les cueillir sur votre bouche avec la mienne.

LISETTE. Mais vous me pressiez sur notre mariage, et mon père ne m'avait pas encore permis de vous répondre ; je viens de lui parler, et j'ai son aveu pour vous dire que vous pouvez lui demander ma main quand vous voudrez.

ARLEQUIN. Avant que je la demande à lui, souffrez que je la demande à vous ; je veux lui rendre mes grâces de la charité qu'elle aura de vouloir bien entrer dans la mienne qui en est véritablement indigne.

LISETTE. Je ne refuse pas de vous la prêter un moment, à condition que vous la prendrez pour toujours.

ARLEQUIN. Chère petite main rondelette et potelée, je vous prends sans marchander, je ne suis pas en peine de l'honneur que vous me ferez, il n'y a que celui que je vous rendrai qui m'inquiète.

LISETTE. Vous m'en rendrez plus qu'il ne m'en faut.

ARLEQUIN. Ah que nenni, vous ne savez pas cette arithmétique-là aussi bien que moi.

LISETTE. Je regarde pourtant votre amour comme un présent du Ciel.

ARLEQUIN. Le présent qu'il vous a fait ne le ruinera pas, il est bien mesquin.

LISETTE. Je ne le trouve que trop magnifique.

ARLEQUIN. C'est que vous ne le voyez pas au grand jour.

LISETTE. Vous ne sauriez croire combien votre modestie m'embarrasse.

ARLEQUIN. Ne faites point dépense d'embarras ; je serais bien effronté, si je n'étais pas modeste.

LISETTE. Enfin, Monsieur, faut-il vous dire que c'est moi que votre tendresse honore ?

ARLEQUIN. Ahi ! ahi ! je ne sais plus où me mettre.

LISETTE. Encore une fois, Monsieur, je me connais.

ARLEQUIN. Eh, je me connais bien aussi, et je n'ai pas là une fameuse connaissance, ni vous non plus, quand vous l'aurez faite ; mais c'est là le diable que de me connaître, vous ne vous attendez pas au fond du sac.

LISETTE, *à part*. Tant d'abaissement n'est pas naturel. *(Haut.)* D'où vient me dites-vous cela ?

ARLEQUIN. Et voilà où gît le lièvre.

LISETTE. Mais encore ? Vous m'inquiétez : est-ce que vous n'êtes pas ?...

ARLEQUIN. Ahi ! ahi ! vous m'ôtez ma couverture.

LISETTE. Sachons de quoi il s'agit ?

ARLEQUIN, *à part*. Préparons un peu cette affaire-là... *(Haut.)* Madame, votre amour est-il d'une constitution bien robuste, soutiendra-t-il bien la fatigue que je vais lui donner, un mauvais gîte lui fait-il peur ? Je vais le loger petitement.

LISETTE. Ah, tirez-moi d'inquiétude ! En un mot, qui êtes-vous ?

ARLEQUIN. Je suis... N'avez-vous jamais vu de fausse monnaie ? Savez-vous ce que c'est qu'un louis d'or faux ? Eh bien, je ressemble assez à cela.

LISETTE. Achevez donc, quel est votre nom ?

ARLEQUIN. Mon nom ? *(A part.)* Lui dirai-je que je m'appelle Arlequin ? Non ; cela rime trop avec coquin.

LISETTE. Eh bien ?

ARLEQUIN. Ah dame, il y a un peu à tirer ici ! Haïssez-vous la qualité de soldat ?

LISETTE. Qu'appelez-vous un soldat ?

ARLEQUIN. Oui, par exemple, un soldat d'antichambre.

LISETTE. Un soldat d'antichambre ! Ce n'est donc point Dorante à qui je parle enfin ?

ARLEQUIN. C'est lui qui est mon capitaine.

LISETTE. Faquin !

ARLEQUIN, *à part*. Je n'ai pu éviter la rime.

LISETTE. Mais voyez ce magot, tenez !

ARLEQUIN. La jolie culbute que je fais là !

LISETTE. Il y a une heure que je lui demande grâce, et que je m'épuise en humilités pour cet animal-là !

ARLEQUIN. Hélas, Madame, si vous préfériez l'amour à la gloire, je vous ferais bien autant de profit qu'un monsieur.

LISETTE, *riant*. Ah ! ah ! ah ! je ne saurais pourtant m'empêcher d'en rire, avec sa gloire, et il n'y a plus que ce parti-là à prendre... Va, va, ma gloire te pardonne, elle est de bonne composition.

ARLEQUIN. Tout de bon, charitable dame ? Ah, que mon amour vous promet de reconnaissance !

LISETTE. Touche là, Arlequin ; je suis prise pour dupe : le soldat d'antichambre de Monsieur vaut bien la coiffeuse de Madame.

ARLEQUIN. La coiffeuse de Madame !

LISETTE. C'est mon capitaine ou l'équivalent.

ARLEQUIN. Masque !

LISETTE. Prends ta revanche.

ARLEQUIN. Mais voyez cette magotte, avec qui, depuis une heure, j'entre en confusion de ma misère !

LISETTE. Venons au fait ; m'aimes-tu ?

ARLEQUIN. Pardi oui, en changeant de nom, tu n'as pas changé de visage, et tu sais bien que nous nous sommes promis fidélité en dépit de toutes les fautes d'orthographe.

LISETTE. Va, le mal n'est pas grand, consolons-nous ; ne faisons semblant de rien, et n'apprêtons point à rire. Il y a apparence

que ton maître est encore dans l'erreur à
l'égard de ma maîtresse, ne l'avertis de
rien, laissons les choses comme elles sont :
je crois que le voici qui entre. Monsieur, je
suis votre servante.

ARLEQUIN. Et moi votre valet, Madame.
*(Riant.)* Ah ! ah ! ah !


## Scène 7

### DORANTE, ARLEQUIN

DORANTE. Eh bien, tu quittes la fille d'Orgon,
lui as-tu dit qui tu étais.

ARLEQUIN. Pardi oui, la pauvre enfant, j'ai
trouvé son cœur plus doux qu'un agneau,
il n'a pas soufflé. Quand je lui ai dit que je
m'appelais Arlequin, et que j'avais un
habit d'ordonnance : Eh bien, mon ami,
m'a-t-elle dit, chacun a son nom dans la
vie, chacun a son habit, le vôtre ne vous
coûte rien, cela ne laisse pas que d'être
gracieux.

DORANTE. Quelle sotte histoire me contes-tu
là ?

ARLEQUIN. Tant y a que je vais la demander en
mariage.

DORANTE. Comment, elle consent à t'épouser ?

ARLEQUIN. La voilà bien malade.

DORANTE. Tu m'en imposes, elle ne sait pas
qui tu es.

ARLEQUIN. Par la ventrebleu, voulez-vous

gager que je l'épouse avec la casaque sur le corps, avec une souguenille si vous me fâchez ? Je veux bien que vous sachiez qu'un amour de ma façon n'est point sujet à la casse, que je n'ai pas besoin de votre friperie pour pousser ma pointe et que vous n'avez qu'à me rendre la mienne.

DORANTE. Tu es un fourbe, cela n'est pas concevable, et je vois bien qu'il faudra que j'avertisse Monsieur Orgon.

ARLEQUIN. Qui ? notre père ? Ah, le bon homme, nous l'avons dans notre manche ; c'est le meilleur humain, la meilleure pâte d'homme !... Vous m'en direz des nou-velles.

DORANTE. Quel extravagant ! As-tu vu Lisette ?

ARLEQUIN. Lisette ! non ; peut-être a-t-elle passé devant mes yeux, mais un honnête homme ne prend pas garde à une cham-brière : Je vous cède ma part de cette attention-là.

DORANTE. Va-t'en, la tête te tourne.

ARLEQUIN. Vos petites manières sont un peu aisées, mais c'est la grande habitude qui fait cela : adieu, quand j'aurai épousé, nous vivrons but à but. Votre soubrette arrive. Bonjour, Lisette, je vous recommande Bourguignon, c'est un gar-çon qui a quelque mérite.

### Scène 8

#### DORANTE, SILVIA

DORANTE, *à part*. Qu'elle est digne d'être aimée ! Pourquoi faut-il que Mario m'ait prévenu ?

SILVIA. Où étiez-vous donc, Monsieur ?
Depuis que j'ai quitté Mario, je n'ai pu
vous retrouver pour vous rendre compte
de ce que j'ai dit à Monsieur Orgon.

DORANTE. Je ne me suis pourtant pas éloigné,
mais de quoi s'agit-il ?

SILVIA, *à part.* Quelle froideur ! *(Haut.)* J'ai eu
beau décrier votre valet et prendre sa
conscience à témoin de son peu de mérite,
j'ai eu beau lui représenter qu'on pouvait
du moins reculer le mariage, il ne m'a pas
seulement écoutée ; je vous avertis même
qu'on parle d'envoyer chez le notaire, et
qu'il est temps de vous déclarer.

DORANTE. C'est mon intention ; je vais partir
*incognito,* et je laisserai un billet qui ins-
truira Monsieur Orgon de tout.

SILVIA, *à part.* Partir ! ce n'est pas là mon
compte.

DORANTE. N'approuvez-vous pas mon idée.

SILVIA. Mais... pas trop.

DORANTE. Je ne vois pourtant rien de mieux
dans la situation où je suis, à moins que de
parler moi-même, et je ne saurais m'y
résoudre ; j'ai d'ailleurs d'autres raisons
qui veulent que je me retire : je n'ai plus
que faire ici.

SILVIA. Comme je ne sais pas vos raisons, je
ne puis ni les approuver, ni les combattre ;
et ce n'est pas à moi à vous les demander.

DORANTE. Il vous est aisé de les soupçonner,
Lisette.

SILVIA. Mais je pense, par exemple, que vous
avez du dégoût pour la fille de Monsieur
Orgon.

DORANTE. Ne voyez-vous que cela ?

SILVIA. Il y a bien encore certaines choses que je pourrais supposer ; mais je ne suis pas folle, et je n'ai pas la vanité de m'y arrêter.

DORANTE. Ni le courage d'en parler ; car vous n'auriez rien d'obligeant à me dire : adieu Lisette.

SILVIA. Prenez garde, je crois que vous ne m'entendez pas, je suis obligée de vous le dire.

DORANTE. A merveille ; et l'explication ne me serait pas favorable ; gardez-moi le secret jusqu'à mon départ.

SILVIA. Quoi, sérieusement, vous partez ?

DORANTE. Vous avez bien peur que je ne change d'avis.

SILVIA. Que vous êtes aimable d'être si bien au fait !

DORANTE. Cela est bien naïf : Adieu.

   *Il s'en va.*

SILVIA, *à part.* S'il part, je ne l'aime plus, je ne l'épouserai jamais... *(Elle le regarde aller.)* Il s'arrête pourtant, il rêve, il regarde si je tourne la tête, et je ne saurais le rappeler, moi... Il serait pourtant bien singulier qu'il partît, après tout ce que j'ai fait... Ah, voilà qui est fini, il s'en va, je n'ai pas tant de pouvoir sur lui que je le croyais : mon frère est un maladroit, il s'y est mal pris, les gens indifférents gâtent tout. Ne suis-je pas bien avancée ? Quel dénouement ! Dorante reparaît pourtant ; il me semble qu'il revient, je me dédis donc, je l'aime encore... Feignons de sortir, afin qu'il

m'arrête ; il faut bien que notre réconcilia-
tion lui coûte quelque chose.

DORANTE, *l'arrêtant*. Restez, je vous prie, j'ai
encore quelque chose à vous dire.

SILVIA. A moi, Monsieur ?

DORANTE. J'ai de la peine à partir sans vous
avoir convaincue que je n'ai pas tort de le
faire.

SILVIA. Eh, Monsieur, de quelle conséquence
est-il de vous justifier auprès de moi ? Ce
n'est pas la peine, je ne suis qu'une suivante, et vous me le faites bien sentir.

DORANTE. Moi, Lisette ! est-ce à vous à vous
plaindre, vous qui me voyez prendre mon
parti sans me rien dire ?

SILVIA. Hum, si je voulais, je vous répondrais
bien là-dessus.

DORANTE. Répondez donc, je ne demande pas
mieux que de me tromper. Mais que dis-
je ! Mario vous aime.

SILVIA. Cela est vrai.

DORANTE. Vous êtes sensible à son amour, je
l'ai vu par l'extrême envie que vous aviez
tantôt que je m'en allasse : ainsi, vous ne
sauriez m'aimer.

SILVIA. Je suis sensible à son amour ! qui
est-ce qui vous l'a dit ? Je ne saurais vous
aimer ! qu'en savez-vous ? Vous décidez
bien vite.

DORANTE. Eh bien, Lisette, par tout ce que
vous avez de plus cher au monde, instruisez-moi de ce qui en est, je vous en
conjure.

SILVIA. Instruire un homme qui part !

DORANTE. Je ne partirai point.

SILVIA. Laissez-moi, tenez, si vous m'aimez, ne m'interrogez point. Vous ne craignez que mon indifférence, et vous êtes trop heureux que je me taise. Que vous importent mes sentiments ?

DORANTE. Ce qu'ils m'importent, Lisette ? peux-tu douter encore que je ne t'adore ?

SILVIA. Non, et vous me le répétez si souvent que je vous crois ; mais pourquoi m'en persuadez-vous, que voulez-vous que je fasse de cette pensée-là, Monsieur ? Je vais vous parler à cœur ouvert. Vous m'aimez, mais votre amour n'est pas une chose bien sérieuse pour vous ; que de ressources n'avez-vous pas pour vous en défaire ! La distance qu'il y a de vous à moi, mille objets que vous allez trouver sur votre chemin, l'envie qu'on aura de vous rendre sensible, les amusements d'un homme de votre condition, tout va vous ôter cet amour dont vous m'entretenez impitoyablement ; vous en rirez peut-être au sortir d'ici, et vous aurez raison. Mais moi, Monsieur, si je m'en ressouviens, comme j'en ai peur, s'il m'a frappée, quel secours aurai-je contre l'impression qu'il m'aura faite ? Qui est-ce qui me dédommagera de votre perte ? Qui voulez-vous que mon cœur mette à votre place ? Savez-vous bien que si je vous aimais, tout ce qu'il y a de plus grand dans le monde ne me toucherait plus ? Jugez donc de l'état où je resterais, ayez la générosité de me cacher votre amour : moi qui vous parle, je me ferais un scrupule de vous dire que je vous aime, dans les dispositions où vous êtes. L'aveu de mes sentiments pourrait exposer votre raison, et vous voyez bien aussi que je vous les cache.

DORANTE. Ah ! ma chère Lisette, que viens-je d'entendre : tes paroles ont un feu qui me pénètre, je t'adore, je te respecte ; il n'est ni rang, ni naissance, ni fortune qui ne disparaisse devant une âme comme la tienne. J'aurais honte que mon orgueil tînt encore contre toi, et mon cœur et ma main t'appartiennent.

SILVIA. En vérité, ne mériteriez-vous pas que je les prisse, ne faut-il pas être bien généreuse pour vous dissimuler le plaisir qu'ils me font, et croyez-vous que cela puisse durer ?

DORANTE. Vous m'aimez donc ?

SILVIA. Non, non ; mais si vous me le demandez encore, tant pis pour vous.

DORANTE. Vos menaces ne me font point de peur.

SILVIA. Et Mario, vous n'y songez donc plus ?

DORANTE. Non, Lisette ; Mario ne m'alarme plus, vous ne l'aimez point, vous ne pouvez plus me tromper, vous avez le cœur vrai, vous êtes sensible à ma tendresse : je ne saurais en douter au transport qui m'a pris, j'en suis sûr, et vous ne sauriez plus m'ôter cette certitude-là.

SILVIA. Oh, je n'y tâcherai point, gardez-la, nous verrons ce que vous en ferez.

DORANTE. Ne consentez-vous pas d'être à moi ?

SILVIA. Quoi, vous m'épouserez malgré ce que vous êtes, malgré la colère d'un père, malgré votre fortune ?

DORANTE. Mon père me pardonnera dès qu'il vous aura vue, ma fortune nous suffit à tous deux, et le mérite vaut bien la naissance : ne disputons point, car je ne changerai jamais.

SILVIA. Il ne changera jamais ! Savez-vous bien que vous me charmez, Dorante ?

DORANTE. Ne gênez donc plus votre tendresse, et laissez-la répondre...

SILVIA. Enfin, j'en suis venue à bout ; vous... vous ne changerez jamais ?

DORANTE. Non, ma chère Lisette.

SILVIA. Que d'amour !


### Scène dernière

MONSIEUR ORGON, SILVIA, DORANTE, LISETTE,
ARLEQUIN, MARIO

SILVIA. Ah, mon père, vous avez voulu que je fusse à Dorante ; venez voir votre fille vous obéir avec plus de joie qu'on n'en eut jamais.

DORANTE. Qu'entends-je ! vous son père, Monsieur ?

SILVIA. Oui, Dorante, la même idée de nous connaître nous est venue à tous deux.

Après cela, je n'ai plus rien à vous dire ;
vous m'aimez, je n'en saurais douter, mais
à votre tour jugez de mes sentiments pour
vous, jugez du cas que j'ai fait de votre
cœur par la délicatesse avec laquelle j'ai
tâché de l'acquérir.

MONSIEUR ORGON. Connaissez-vous cette lettre-
là ? Voilà par où j'ai appris votre déguisement, qu'elle n'a pourtant su que par vous.

DORANTE. Je ne saurais vous exprimer mon
bonheur, Madame ; mais ce qui
m'enchante le plus, ce sont les preuves que
je vous ai données de ma tendresse.

MARIO. Dorante me pardonne-t-il la colère où
j'ai mis Bourguignon ?

DORANTE. Il ne vous la pardonne pas, il vous
en remercie.

ARLEQUIN, *à Lisette*. De la joie, Madame ! Vous
avez perdu votre rang, mais vous n'êtes
point à plaindre, puisque Arlequin vous
reste.

LISETTE. Belle consolation ! il n'y a que toi qui
gagnes à cela.

ARLEQUIN. Je n'y perds pas ; avant notre
connaissance, votre dot valait mieux que
vous ; à présent, vous valez mieux que
votre dot. Allons, saute, marquis !

# TABLE

## LE JEU DE L'AMOUR ET DU HASARD

# DISTRIBUTION

**ALLEMAGNE**
SWAN BUCH-VERTRIEB GMBH
Goldscheuerstrasse 16
D-77694 Kehl/Rhein

**BELGIQUE**
UITGEVERIJ EN BOEKHANDEL
VAN GENNEP BV
Spuistraat 283
1012 VR Amsterdam
Pays-Bas

**CANADA**
EDILIVRE INC.
DIFFUSION SOUSSAN
5518 Ferrier
Mont-Royal, QC H4P 1M2

**ESPAGNE**
PROLIBRO, S.A.
CL Sierra de Gata, 7
Pol. Ind. San Fernando II
San Fernando de Henares

RIBERA LIBRERIA
Dr Areilza 19
48011 Bilbao

**ÉTATS-UNIS**
POWELL'S BOOKSTORE
1501 East 57th Street
Chicago, Illinois 60637

TEXAS BOOKMAN
8650 Denton Drive
75235 Dallas, Texas

**FRANCE**
BOOKKING INTERNATIONAL
60 rue Saint-André-des-Arts
75006 Paris

**GRANDE-BRETAGNE**
SANDPIPER BOOKS LTD
22 a Langroyd Road
London SW17 7PL

**ITALIE**
MAGIS BOOKS s.r.l.
Vicolo Trivelli 6
42100 Reggio Emilia

**LIBAN**
SORED
BP 166210
Rue Mar Maroun
Beyrouth

**MAROC**
LIBRAIRIE DES ÉCOLES
12 av. Hassan II
Casablanca

**PORTUGAL**
CENTRALIVROS
Av. Cintura do Porto de Lisboa
Urbanizacao da Matinha A-2C
1900 Lisboa

**PAYS-BAS**
UITGEVERIJ EN BOEKHANDEL
VAN GENNEP BV
Spuistraat 283
1012 VR Amsterdam

**SUÈDE**
LONGUS BOOK IMPORTS
Box 30161
S - 10425 Stockholm

**SUISSE**
LIVRART S.A.
Z.I. 3 Corminboeuf
Case Postale 182
1709 Fribourg

**TAIWAN**
POINT FRANCE LIVRE
Diffusion de l'édition française
Han Yang Bd 7 F
374 Pa Teh Rd.
Section 2 - Taipei

IMPRIMÉ EN CEE
le 05-10-1994
B/080-93 – Dépôt légal, mars 1994
ISBN : 287714-168-3